# 装備製作系チートで異世界を自由に生きていきます 6

Author : tera

Illustration: 三登いつき

ジュノー
ダンジョンコア。
パンケーキが大好き。
かなりの天然系。
ラブ
ダンジョン「断崖凍土」の
管理者代行。
自称、愛情の守護者。
すぐにお腹を壊す。
トウジ（秋野冬至《あきのとうじ》）
本編の主人公。29歳。
元フリーターで異世界召喚に
巻き込まれる。
ネーミングセンスが適当。

イグニール
冒険者の女性。24歳。
強力な炎の魔法を操る。
母の形見の杖を愛用する。
ゴレオ
ゴーレム。
トウジのサモンモンスター。
仲間想いで優しい性格。
ポチ
コボルト。
トウジのサモンモンスター。
毛並みが良くコボルト界では
イケメン。
登場人物紹介
MAIN CHARACTERS

# 第一章　デリカシ辺境伯領、探索！

デリカシ辺境伯との料理バトルに勝利した翌日。

俺——秋野冬至《あきのとうじ》は事前に得ていた情報を元に、魔物を探して辺境伯領を探索することにした。

雷神の如き魔物、トールを相手にした場所は、島の南西に位置する港町から少しだけ北東へと向かった森である。

辺境伯捜索の折に、ちらっと魔物の分布を調べてみた限りでは、あのあたりの森に目的の魔物、カラフルバルンはいないようだった。

なので、グリフィーの背中に乗って、ぐるりと反対側に迂回《うかい》する予定である。

ダンジョンコアのジュノーが聞いてくる。

「ねえトウジ、なんでワシタカに乗ってひとっ飛びしないし？」

「ああ、ついでに島の生態系も調べてくれって、辺境伯に頼まれたからだよ」

島にはいない魔物が突然出たんだから、調べておくのは当たり前だ。

ワシタカくんに乗って移動するよりも、グリフィーの方が調べやすいのである。

「断じて、ワシタカくんに乗るのが怖いからじゃないぞ、断じて」

「……そこまで聞いてないし」

……ま、まあ良い。

特に変わり映えしない森や山の風景を見渡し、ペットのポチに分布する魔物のリストを作ってもらいながら、確認を後回しにしていたあの時のドロップアイテムを見ていこうじゃないか。

【サンダーソールの霊核】成功確率：25％
霊装化のスクロールが成功した武器に使用すると、サンダーソールの力を借りて強力なスキルと潜在能力を持つことができる。使用に失敗すると武器が破壊される。
＝＝＝＝＝＝
潜在能力：ＩＮＴ＋5％（霊気マックス時：ＩＮＴ＋5％）
スキル：纏雷《てんらい》
スキル効果：雷属性を身に纏《まと》い、全ての攻撃が雷属性を持つ／六十秒

この世界で初めて得た霊核の効果は、雷属性を付与するものだった。

果たして強いのか弱いのかわからんが、体がビリビリ人間にでもなるのだろうか。

なんとなく面白そうな効果だけど、俺がビリビリしたところでなあ……？

切り札にするにしても、上手く扱えるのかわからない代物《しろもの》だった。

潜在能力もＩＮＴが上がるだけで、俺にはまったく関係ないステータスである。

だって、魔法で攻撃するスキルを一切持ってないからね！

しかしインベントリの中で腐らせておくのも忍びないので、霊装化のスクロールを手に入れたら、適当な杖とか作って使ってみるのも良いかもしれない。

次に、ドロップした装備を見ていこう。

【纏雷の指輪】
必要レベル：１００
ＩＮＴ：１００
ＵＧ回数：５
特殊強化：◇◇◇◇◇◇◇◇◇◇◇◇◇◇◇
限界の槌：２
装備効果：雷属性耐性　雷属性強化　纏雷アクセサリーセット

【纏雷のモノクル】
必要レベル：１００

ＩＮＴ：１００
ＵＧ回数：10
特殊強化：◇◇◇◇◇　◇◇◇◇◇　◇◇◇◇◇
限界の槌：２
装備効果：雷属性耐性　雷属性強化　纏雷アクセサリーセット

【纏雷のタトゥー】
必要レベル：１００
ＩＮＴ：１００
ＵＧ回数：７
特殊強化：◇◇◇◇◇　◇◇◇◇◇　◇◇◇◇◇
限界の槌：２
装備効果：雷属性耐性　雷属性強化　纏雷アクセサリーセット

【纏雷の杖】
必要レベル：１００
ＩＮＴ：１２０

魔力：120
UG回数：10
特殊強化：◇◇◇◇◇　◇◇◇◇◇　◇◇◇◇◇
限界の槌：2
装備効果：雷属性耐性　雷属性強化　攻撃時雷属性連鎖効果

【纏雷アクセサリーセット】
・対象装備
纏雷の指輪
纏雷のモノクル
纏雷のタトゥー
纏雷のペンダント
纏雷のベルト
・2セット効果
INT：＋25
MP：＋1000
・3セット効果

全てのステータス：＋25
ＭＰ：＋１０００
追加雷属性強化：雷属性攻撃時のみ、消費ＭＰ＋１００％、雷属性強化＋50％
・4セット効果
ＩＮＴ：＋15％
ＭＰ：＋15％
追加雷属性強化：雷属性強化＋50％

ふむ、パッと評価をするのならば、雷属性魔法使い専用装備といったところだ。

雷属性に限定すれば、かなり強めの装備である。

5つのうち4セット揃《そろ》えることによって、威力１００％上乗せされるからだ。

その代わり、ＭＰ消費量も二倍だけどね。

１００レベル装備の属性強化の細かな数値って、確かゲームでは威力25％上昇だったことを覚えている。

全部揃えて装備すれば、ＭＰ消費量二倍で威力は三倍。強い。

くうう……。

サンダーソールの霊装化のスクロールが成功すれば、全ての攻撃が雷属性になって、この装備の強さが発揮されるというのに、装備のステータス補正とかセット効果が基本的にＩＮＴ寄りになっているため、俺には一切関係ないのが悲しいところである。

ちなみに、杖の攻撃時雷属性連鎖効果っていうのは、いわゆるチェインってやつだ。

攻撃すると、連鎖して近くの敵にダメージが通る。

単体攻撃が複数攻撃に昇華するというかなり使えるスキルなのだが、どっちにしても、戦いをポチたちに任せている俺には必要のないものだった。

さて、装備の確認が終わる頃には、ちょうど見晴らしの良い平地にたどり着いたので、一旦グリフィーを止めることにした。

「昼飯にするかー」

時刻も正午くらいなので、一旦ご飯を食べてからまたカラフルバルン探しである。

「ポチ、あたしはパンケーキフルコース！」

「それはおやつの時間に取っとけよ」

「パンケーキはおやつじゃなくて、主食だし」

甘いクリームやらジャムやらを大量に載っけた代物が主食だと……？

「ポチだって色々まとめて作るの面倒だろ？」

「アォン」

「そんなことないだってさ」

……本当か？

まあ、ポチの表情を見ていると、好きなことだから苦じゃないって感じ。

料理ホリックめが、いつも美味《おい》しいご飯をありがとう！

「ふーむ、それにしても……」

やんややんやと昼飯談議に花を咲かせるこいつらを見て、ふと思った。

「俺の周りって、病的なこだわりを持つ奴が多いな……」

ポチは料理で、ゴレオは可愛いものが好き。

コレクトはとにかく価値の高いもので、ジュノーはひたすらパンケーキ。

マイヤーだって、商売や珍しいものと酒に傾倒し、キングさんはあれだ。

バトルジャンキー。

「これは、唯一まともな俺がしっかりしてなきゃいけないな……」

そんなことを呟《つぶや》くと、みんなの視線が俺に集中していた。

「……なんだよ」

「トウジがまとも？　だったらみんなまともだし」

「アォン」

「グルルル」

ジュノーの言葉に、ポチとグリフィーがうんうんと頷《うなず》いている。

なんだよ、なんだよ……。

二十九歳フリーター、前はネトゲ廃人だったが、今は極々普通の一般人である。

普通だよ、俺が一番まともさ。

「あ、そうだ。ポチが昼飯を作る前に、みんなでやっておきたいことがあったんだった」

「なになになんだし？」

「アォン？」

「グルル？」

「サンダーソールのサモンカードをゲットしたから、みんなで名前をつけないと」

俺が個人的につけちゃうと、後で文句を言われてしまうからね。

それにセンスがないとか言ってくるし、みんながいるこの場で、一緒に名前決めゲームをするのが得策なのである。

「おっと、ゴレオも出しておくか」

可愛い名前をつけることに定評のあるゴレオも加えて、みんなで名前を考えよう。

「グリフィーは初参加だな！」

「グルル！」

「素敵な名前を考えてくれよー」

「グルァッ！」

翼を目一杯広げて意気込みを伝えるグリフィーは、嬉しそうだった。

うむ、何よりである。

「オン！」

「はいはいトウジ！　ポチが今回の名前付けゲームで、一つ案があるってさ！」

「お？　どうしたポチ」

「アォン！」

ポチがお品書き板に何かを素早く書いて両手で掲げた。

《ドキドキ！　痺《しび》れ小籠包《しょうろんぽう》ゲーム！》

「痺れ……小籠包だと……？」

「アォン！」

ポチが言うには、中にあの電気うなぎの蓄電器官ペーストを練り込んだ代物とのこと。

人数分用意した小籠包を食べて、痺れなかった人が名付けの権利を得るそうだ。

「オン！」

「これならお昼ご飯も楽しめるってさ！」

「なるほど……しかしなあ……」

案の定、その説明を聞いたゴレオが地面に座り込んで、いじけた様子で「の」の字を書いていた。

そうだよな、食べれないもんな。

「ポチ、飯系だとゴレオが参加できないよ」

「アォン」

「ゴレオのには石入れとくから大丈夫だってさ」

「……！」

それでパァッと明るい雰囲気になるゴレオだけど、それで良いのかゴレオよ。

そもそもゴレオに痺れの異常状態が通じるのか疑問である。

っていうか、それ五個中に一個は石が入ってるってことじゃねーか。

やべーだろ。

「ほ、他のにしない？　飯系はさすがになあ……？」

「……」

尻込みしていると、ゴレオが俺の肩をチョンチョンと叩く。

「何？　ジュノー通訳して」

「トウジがゴレオの選んだ小籠包を代わりに食べても良いってさ」

「え、何そのよくわかんない案……」

俺が二つ食べるメリットあるのか？

高確率で二回ビリビリしちゃうんだけど？

「……！」

「せっかく楽しい食事になるんだったら、見てるだけで幸せだって」

「……そ、そうか」

本当にしっかり通訳したのかと心配になったが、ゴレオを見るとコクリと頷いていた。

食べられないのは残念だけど、見てるだけでも十分お腹いっぱいとのこと。

そんな様子を見せられ、食べないという選択肢はなくなった。

運良く痺れない小籠包を引いたとしても、ゴレオの分で確実に俺は痺れてしまう。

しかし、ゴレオの気持ちを無下にはできないので、俺も腹を括るのだ。

「とりあえず、みんな名前の案を紙に書いてくれー」

「はーい」

「オン」

「……！」

「グルゥ」

グリフィーの考えた名前案は、ジュノーが代わりに書いてあげる。

そんなわけで、全員分の案がまとまった。それがこちら。

トオル、ソフィー、ライテン、ビリビリビリー、ブリトー。


さて、どれが誰の名前案かわかるかな？

答えは、俺、ゴレオ、ポチ、ジュノー、グリフィーの順番だ。

雷神トールの異名から、俺はトオルくんにした。

ゴレオのソフィーは、個体名サンダーソールのソーから来ているらしい。

ポチのライテンは、文字通り、ドロップした装備から考えた名前なのだろう。

ビリビリビリーは、なんかもう適当につけましたって感じのジュノーである。

ブリトーはグリフィーの案なんだけど……なんだろう、今食べたい料理かな？

ひょっとしてこのグリフォン、顔に似合わずマイペースなのか？

……謎は深まるばかりだった。


それからポチが昼食を作り始め、ビリビリ小籠包がテーブルの上に出される。

普通は皮や種に練り込んで、少しビリッとする美味しい小籠包なのだが、今回は直接ぶち込んだそうなので、食ったら問答無用で全身痺れるえげつない異常状態に陥る代物だ。

罰ゲームの王道、デスソースよりも恐ろしく思えてくるが、それなりにＶＩＴ強化とかしてるし、死にはしないだろう。

ポチも加減はしてくれているだろうしな、たぶん。

「よし、じゃ……食べるぞ？　ビリビリ痺れなかった人の名前になります！」

「オン！」

「はーい！」

小籠包を作ったポチは、どれに入れてあるか一目瞭然なので、選ぶのは当然最後だ。

ちなみに、ジュノーは分体だから異常状態にはならないが、ビリビリは感じるそうだ。

「では……いただきます！」

俺の声に合わせて、それぞれ選んだビリビリ小籠包を一口。

ゴレオはなんか女の子らしい仕草でドキドキを表現していた。

両腕を胸の前に持ってくるぶりっこポーズなんだが、ゴツイくせによくや――

「――アババババババ!?」

「――アォォォォォ!?」

「――グルゥゥゥゥ!?」

い、痛い！　ビリビリってレベルじゃねえぞ！

「りょ、量を考えろー！」

「わぁー！　肉汁がスープになっててすっごく美味しいし！」

みんなの反応的に、ジュノーの小籠包が当たりっぽい。

美味しいやつだ。

「……あれ？　みんなの反応的に、あたしが当たり？　やったー！」

喜んで飛び回るジュノーとともに、サンダーソールの名前が決定した。

ビリビリビリー。

かなりの強敵だったのに、なんとも風格のない名前だが……まあ良いでしょう。

「そうだトウジ、ゴレオの分もさっさと食べるし」

「……そうだった」

この時点で、ゴレオの分の小籠包はやばいの確定。

少し腰が引けてしまうのだけど、ゴレオのためにも俺は食べるぞ！

「……」

「トウジ、ゴレオが無理はしなくて良いよって言ってるけど……」

「いいや、お残しはダメだからな！」

痺れの異常状態は霧散の秘薬でなんとかなるんだ。

ここは一口でアババババババ――

【サモンカード：サンダーソール】名前：ビリビリビリー

等級：レジェンド

特殊能力：ボスダメージ＋50％
特殊能力：ボスダメージ＋50％

◇　◇　◇

翌日、カラフルバルンの棲息地《せいそくち》がわかった。

「バルバル」

「バルバルバル」

「バルバル」

平地でもなければ森でもない、禿《は》げ山がグワッと大きく裂けた谷間に、ひっそりと、そしておびただしい数の風船がぷかぷか浮いているのだった。

「うわぁー、カラフルだし」

ジュノーの言葉通り、多種多様のカラーを持った風船の名は、カラフルバルン。

これでも歴《れっき》とした魔物である。

こいつらの中にある特殊な気体が、飛行船の気嚢に入るガスの役目を担うのだ。

数もかなり揃っているし、十分な量が見込めそうである。

「これで夢にまた一歩近づくなあ」

飛行船計画は始まってから寄り道も多々あったけど、なんだかんだ飛んでいる姿を心待ちにしている俺がいた。

空を飛べたらどこへ行こうか、悩みどころである。

「よし、とりあえず狩るか」

「どうやって狩るし？　破裂させないようにしなきゃダメなんだよね？」

「そうだな」

中身の気体が目的の場合は、破らないよう慎重に捕獲しないといけない。

普通は、風魔法を使ってぷかぷか浮かぶ風船どもを高台に流して捕獲するんだけど……。

「俺にはドロップアイテムがあるから関係ない」

「あーそっか、なるほどだし！」

生け捕りにしたとして、ドロップアイテムが得られなくなる。

カラフルバルンを大量に捕まえて引っ張っていくよりも、倒してドロップアイテムにしてインベントリに収納しておいた方が、遥かに手間が少ないのだ。

ドロップ率アップ効果を持つ秘薬とか、コレクトを召喚しておけば、生け捕りにするよりも倍近い量の収穫があるだろうしね。

「じゃ、狩るぞー」

今回の布陣は、俺とポチがグリフィーに乗って空に浮かぶカラフルバルンを狙い、コレクトはその辺で、ジュノーと適当に遊んでいたら良い。

「グルルッ！」

バサッと翼をはためかせて、谷間にいるカラフルバルンへと飛ぶグリフィー。

さっそくポチがクロスボウを何度か射って仕留めていた。

「まるで射的だな」

「オン」

「動きも遅いから楽勝だってさー」

動いてても別に問題なくて命中させるポチだから、本当に恐ろしい子。

ちなみにもう一つの案として、ワシタカくんで一掃することも考えた。

しかし巨大な翼が起こした暴風で、カラフルバルンが散ってしまう恐れがあり、もったいないと感じたのでやめた。

ワシタカくんは、キングさんと同じようにとんでもない相手が襲ってきた場合に出てきてもらう役目である。

今回は小回りの利くグリフィーに頑張っていただこう。

鞍《くら》にしっかり腰を固定していれば安全だし、乗り心地だってかなり良いもんだ。

断じてワシタカくんの乗り心地が悪いとは言ってない。

ただ、違うんだよ、怖さが……これでじっくり慣らしていこうね……俺の精神を……。

「クエーッ！」

そんなこんなでスタートしたカラフルバルン狩りなのだが、なぜかコレクトが妙なやる気を出しているようだった。

「クエックエックエーッッッ!!」

けたたましい鳴き声を上げ、カラフルバルンをつっついて破裂させていく。

「めっちゃやる気出してるなあ、コレクト」

「目立てるチャンスだからって、張り切ってるみたいだし！」

「そ、そうなんだ……」

小さなコレクトでも突《つっ》けば破裂する程度のカラフルバルンは、良い相手のようだ。

強くもなく、かといって価値が低いわけでもない絶好の相手。

「なんとなく、セコい目立ち方だと思ったのは俺だけだろうか……？」

「ちょっとセコいけど、トウジの役に立ちたいだけなんだし！」

「そうか」

コレクトって、サモンモンスターとしての能力で、そこにいてくれるだけで効果を発揮するし、その能力を除外してもお宝発見機や探し物発見機として助かってるんだけどな……。

むしろ、下手なことして死なれたら困る存在なのである。

「クエークエクエクエーッ！」

そんな俺の気持ちとは裏腹に、見せ場が余程嬉しいのか、疾風の如きつっつきにてカラフルバルンをパンパンパンと破裂させ仕留めていくコレクト。

その勢いは、グリフィーとポチが若干引いてしまうレベルだった。

「おっとグリフィー、落ちて死ぬ前に何体か拾って確保しとこう」

「グルルッ」

風船割りはコレクトに任せて、俺は地面に落下していくカラフルバルンの本体を回収し、適当な袋に詰めていく。

これはなぜかというと、破裂したところでカラフルバルンの一番下にある本体は死なないからだ。

俺はてっきり風船が本体かと思っていたのだけど、実はそうではなく、風船の根本についている虫みたいなものがカラフルバルンの本体だった。

この本体が気体を発生させ、十分に膨らむことで浮かぶことができるようになる。

何体か捕まえて餌でも与えておけば、今後は気体の入手に困らないのではないかという発想の元、捕獲することにした。

餌じゃなくとも、ポーションだけで生きていけるのならば、俺のインベントリには大量に余ったポーションがあるので、フォアグラばりの飼育を行っても良いのである。

まあ、たとえ話はどうだって良い、ＨＰがなくならないようにポーションを使って回復させつつ持ち帰りましょう。

「バルバル……バ、バル、バルバル……」

袋の中でもぞもぞと動いて鳴き声を上げるカラフルバルンの本体。

豆知識だが、この本体には尻尾しかついておらず、この尻尾が地面に体を固定する機能を有していて、見た目は本当に崖に引っかかった風船みたいな感じなのだ。

「よし。グリフィー、そのまま降りてドロップアイテムを拾いに行こうか」

「グルッ」

本体も十分に確保できたし、あとは地面に転がるドロップアイテムの回収である。

カラフルバルンのドロップアイテムは、僅《わず》かなケテルと透明な風船だった。

この風船の中に、おそらくお目当ての気体が詰め込まれているのだろう。

◇◇◇

カラフルバルンをあらかた狩り尽くして、再びデリカシ辺境伯領の調査を行っている時のことだった。

再び谷間にカラフルバルンの群れが見えたのである。

「カラフルバルン……？　あれ、なんかちょっと違うし……？」

「確かに」

俺の肩から谷間を見下ろすジュノーの言葉に頷いた。

風も入ってこない谷に浮かぶカラフルバルンは、風船のような見た目から一転して、なんだか虫のような六本足がついた本体を持っていた。

風船部分は普通のカラフルバルンと変わらないのだが、足がたくさん生えているからか、カサカサと岩場を移動して別の岩から別の岩に飛び移っていたりと、様々な行動を見せる。

「キ、キモい……」

思わずそんな声が漏れた。

カラフルバルンは雑多にぷかぷかと浮いているだけだったのだが、目の前にいる亜種のような個体は、それぞれの色が密集して群れている。

緑色のカラフルバルンなんか、壁に大量に群れて張り付いたカメムシのような印象だ。

再び豆知識だが、カラフルバルンってのは総称のことで、色ごとにグリーンバルンとかブルーバルンとかレッドバルンとか、そんな個体名称がある。

サモンカードもきっちり色分けされて個別出現したので、色ごとに別の種類だ。

普通のカラーだとドロップアイテムに差はないが、ゴールドとかシルバーは希少種らしく、ドロップケテルの量が普通タイプとは段違い。

銀や金の鉱石もドロップするし、本当に不思議な存在だと思う。

「クエーッ！」

「あっ、こら！　よくわからん魔物に突っ込むなって！」

再び見せ場が来たと張り切るコレクトなのだが、初見の魔物にあまり良い印象はない。

ポチに頼んで遠距離から射落としてもらうのが一番なんだけど、俺が止める前にコレクトは空中に孤立していたレッドバルンの亜種に突っ込んでいってしまった。

「クエーッ！」

「バルッ⁉」

――パンッ、ボボンッ！

「クエッ⁉」

「コレクト⁉」

破裂したレッドバルンが、爆発して炎を上げた。

「グリフィー！」

「グルッ！」

至近距離で爆発に巻き込まれ、気を失って落下するコレクトを急いで受け止める。

「コレクト！　大丈夫か！」

「ク、クェェ……」

良かった、意識はある。すぐにポーションを飲ませて回復させた。

「もー、心配したんだし！」

「クェ……」

グリフィーの背中で休ませつつ、爆発とともにドロップしたサモンカードを確かめる。

【サモンカード：レッドギミックバルン】

まだ登録していないので特殊能力はわからないが、やはり普通とは違っていた。

カラフルバルンのサモンカードより一つ上の等級だから、おそらく上位種なのだろう。

「トウジ！」

「ん？」

サモンカードの考察をしていると、ジュノーが慌てたように叫ぶ。

何事かと振り返ると、大量のギミックバルンが俺たちの元へと集まってきていた。

「おわーっ!?　グリフィー！」

「グルルッ！」

すぐに上空へと飛んでもらってなんとか難を逃れる。

普通のカラフルバルンと違って、かなり攻撃的な性格をしているようだ。

「ポチ！　遠距離から射って数を減らしてくれ！」

「オン！」

俺の指示に従って、ポチがグリフィーの上でクロスボウを構える。

ビンッと弦《つる》が矢を射出する音が聞こえて、密集していたイエローギミックバルンを貫いた。

――パァン！　ビリビリビリッ！

破裂とともに、バチバチバチと電撃が周りに放出された。

「よし！　やったか……って、お、おい」

ガッツポーズを上げる前に、イエローバルンから放出された雷撃が、周りに集まってきていたギミックバルンたちに伝わっていく。

次の瞬間――


ボボンッ！　ボボンッ！　ボンボンボンボボンッ！

ブシャッ！　ブシャッ！　ブブブシャップシャッ！

ザシュッ！　ザシュッ！　ザシュザシュザシュッ！


「のわあああああああああああああああああっっっ!?」

密集していた全てのギミックバルンが連鎖的に炸裂し、とんでもない爆発となった。

相乗効果でもあるのか、レッドは炎を撒き散らす大爆発へ。

ブルーは周りに大量の水弾、グリーンは風の斬撃。

多種多様な属性攻撃はギミックというより、もはやトラップレベル。

「トラップバルンだし！」

「んなこと言ってる場合じゃねえ！　グリフィー上！　上に逃げて！」

「グルァッ！」

逃れるように一気に高度を取るが、下では未だに連鎖爆発が続いている。

とんでもないな……ドロップアイテムもとんでもない……。

「ト、トトト、トウジ！　頭！　後頭部だし！」

「ん？　おわーっ⁉」

爆風に煽られてくっついたのだろうか、俺の頭にギミックバルンがいた。

色はパープル。

ぷくーっと膨らみ始めるところを見るに、自発的に爆発可能らしい。

「わわわ！　は、早く取らないとだし！」

「待て触るな！　下手に触って爆発したらどうなるかわからんぞ！」

「で、でも！」

風船ドッキリのように、はち切れんばかりに膨らんでいくパープルギミックバルン。

「破裂しちゃう！　これ絶対破裂するし！」

「や、やっぱり取って！　ジュノー早くこれなんとかして――」

――パンッ！

慌てふためいているうちに、破裂して紫色の霧のようなものを吹き出した。

「グルッ……！」

パープルの属性は毒で、ジュノーを除く俺たちは毒状態になってしまった。

「堪《こら》えろグリフィー！　霧散の秘薬を出す！」

霧散の秘薬を取り出し、全員に振りかける。

毒で一瞬動けなくなったグリフィーも、なんとか体勢を立て直すことができた。

「トウジ！　まだまだ来てるし！　下から来てる！」

「マジかよ……！」

下を見ると、ギミックバルンたちが風船部分を膨らませて高度を上げていた。

足を忙しなく動かして、微妙に空中で動けるようだ。

「バルバル」「バルッ」「バールルバルバル」

バルバルバルバルうるせぇ奴らだな！

ここまでの大群で押し寄せられたら、さすがに捌《さば》くのは不可能だ。

接近されたら属性攻撃の嵐なので、すぐに布陣を入れ替える。

「ワシタカくんを出すぞ！」

ドロップアイテムが減っても構わない。

コレクトを一旦ワシタカくんと入れ替えて、羽ばたいてもらうことにした。

「カモーン！」

「ギュアァァァァアアアアアアアアアアアアアア!!」

「バルバル!?」

「バルバルバーッ!?」

ロック鳥の羽ばたきによって、無風の谷に暴風が巻き起こる。

ギミックバルンたちは風に押し流され、あちこちにぶつかり破裂していった。

「ワシタカっちー！　どんどんやっつけるしー！」

「やっぱワシタカくんだわ」

ジュノーとともにガッツポーズ。

制空権がこっちのものになってしまえば、ギミックバルンもただの風船だ。

「ギュア……？」

勝ちを確信していると、ワシタカくんが不意に首を傾げていた。

「トウジ、ワシタカっちが何かおかしいって言ってるし」

「え？　どういうこと？」

「ギュア！」

「姿がありもしないのに、目の前の空間に強烈で巨大な魔力を感じるって！」

「え？　どういうこと！」

言ってる意味がわからん。

「トウジのわからず屋！　とにかく、目の前に何かいるから気を抜くなって言ってるし！」

「目の前に？　とりあえずわかった」

ワシタカくんの言うことならば、間違いない。信頼できる。

とにかく気を抜かずにギミックバルンのドロップアイテムを拾いに行こうと、ジュノーから視線を前に戻した時のことだった。

「……は？　え？」

「……なんか、空間が歪んでるし？」

目の前の空間が、陽炎みたいにゆらゆらと揺れ始めたのである。

「な、なんだこれ……」

眉を顰《ひそ》めていると、そのぼやけた空間はじわじわと距離を詰めてきているようだった。

「グリフィー、とりあえず退がれ！」

「グルッ！」

なんだかわからないものには触っちゃいけない。

俺の声に合わせてグリフィーが退がり、ワシタカくんが羽ばたいて接近を阻止した。

その折、手になんとなくフワッとした何かが触れる。

得体の知れないものが俺の手を撫でてきているようで虫唾《むしず》が走る思いなのだが、逆に俺の手を通して魔物の正体が表示された。


【ファントムバルン】

バルン系の魔物が同時に大量に破裂した場合にのみ出現する集合気体。

この個体は気体を覆う被膜が存在せず、自由に存在する。


なんと、風船を持たないゴーストタイプのカラフルバルンだった。

出現条件的に、特殊個体もしくは希少個体に位置する存在だろう。

しかし、どうやって生きてるんだろうな？

もはや精霊の一種なのだろうか、この状態は……。

「ギュアッ！」

「倒し方がわからないから、そのまま吹き飛ばすってさ！」

「あ、ワシタカくんちょっと待って！」

倒し方がわからない、と言ったな？

だが、簡単な話だ。

「一度下に降りるぞ！」

こういう状況にめっぽう強い奴がいる。

「トウジ、いったいどうするし？」

「ウネウネくんを出す！」

俺の一言で、ジュノーも「ああ……」と全てを悟ったような顔をした。

ミスティーハーブを採りに行った時もそうだが、魔力を含んだ気体にはマナイーターであるウネウネくんが効果抜群だ。

「――ギョアアアアア！」

ワシタカくんと交代で召喚されたマナイーターのウネウネくんは、金切り声を上げながらファントムバルンへと食らいつき、ズオオオオオオッと吸入音を立てながら吸い込み始めた。

マナイーターは、捕食した魔力の量で体が大きくなっていく特性を持つ。

故に、吸い込みながら徐々に巨大化していくウネウネくんを見ていると、俺の作戦は上手くいっていることを確信できた。

「あんなの吸って、平気だし……？」

「平気平気」

ファントムバルンが何をしようが、ウネウネくんには魔力的なダメージが通りづらく、頭を気体で覆って窒息させようとしても、たぶんミミズみたいに皮膚呼吸できるだろうし無意味だ。

ズオオオオオオオオオ――。

うん、普通に頭を覆い尽くしてきたファントムバルンを、意気揚々と吸っている。

大丈夫だな、あれ。

こういった魔力オンリーな相手には、これからウネウネくんを起用していこうか。


ズオオオオオオォォォォォォ――……。


「ギョアアアア！」

ファントムバルンを吸い尽くしたウネウネくんは、満足したように咆哮を上げる。

地面には、ファントムバルンのドロップアイテムのみが残っていた。

「お疲れさま」

健闘を称えて拍手を送り、図鑑に戻してコレクトを召喚。

ドロップアイテムを確認する。

ケテルや普通のバルンからドロップするアイテムが大量に転がっているのだが、その中でも一際異彩を放つものがあった。


【魔力ガスボンベ・大型】

魔力の液化ガス。

魔力厳禁！　取扱注意！


魔力ガスと書かれた巨大なボンベである。数は五個。

この説明だけじゃ何がなんだかわからんが、おそらく大量の気体が入っているのだろう。

確か、天然ガスとかって液体にすると体積が六百分の一くらいになるんだっけ？

「す、すげぇな……」

これが五つって、飛行船に必要な量を十分に賄《まかな》えそうなくらいである。

いや、どれだけ量が必要なのか、詳しくはわからんけど。

カラフルバルンを三千体くらい倒す必要があったと思うから、たぶん十分だ。

足りなかったら知らん。

「ねえねえ、何か良いの落ちてたし？」

「あ、うん」

ジュノーにはドロップアイテムが見えないので、一旦インベントリに収納して出してやる。

ドラム缶くらいの大きさのタンクを見たジュノーは、飛び上がるほどに驚いていた。

「うわっ、でかっ！　なんだしこれ？」

「魔力ガスボンベ」

「まりょくがすぼんべ？」

「カラフルバルンからドロップする気体の超絶でかいバージョンだよ」

「へー！　でも確かに大きいけど、超絶ってほどじゃないし？」

「いや、実はこれ液状になってるやつだから、気体になったら六百倍くらい」

「ろ――!?　パ、パンケーキで換算したら!?　どれくらいだし!?」

いや、パンケーキは知らねーし……。

頑張って指で数えようとしてるけど、絶対に無理だぞバカかこいつ。

「わかんなーい！」

「えっと、パンケーキって普通瓶に入らないだろ？　でも、ぎゅーって握り潰したら瓶にたくさん入るようになるだろ？　そんな感じだよ」

「でもそれ美味しくないし」

お前の小さな頭でもわかるように、わざわざパンケーキにたとえてやったんだよ、クソが。

「トウジ、その考え方はパンケーキに対する冒涜だから改めるし」

「……」

「ま、それで言うとこのボンベってのは、気体を冒涜した存在だってことだし？」

「知らねーし……」

話がややこしくなるから、とりあえずこの辺でスルーしておこう。

さて、カラフルバルン狩りはこれで切り上げて、調査の残りを終わらせるとするか。

◇　◇　◇

デリカシ辺境伯領の調査もあらかた終えて、帰路につく時のことだった。

グリフィーの飛行で最短距離で港町へ戻る最中、ジュノーがふと呟いた。

「ねえ、島の中央ってどうなってるし？」

「……確かに気になるな」

デリカシ辺境伯領のマップを確認すると、大きな島にはいくつかの高い山があり、それがぐるっと島の中央を囲うように連なっているのだ。

気にも留めていなかったのだが、島中央へ向かう者を阻むような地形は、まるでそこに何かがあるように思えなくもない。

そういえば、島をぐるっと一周見てきてくれと依頼してきたデリカシ辺境伯も、中央については何も言及していなかった。

つまり、やはり中央には何かが隠されていて、デリカシ辺境伯はあえて調査依頼の中に含まなかった……と、思えんこともない。

「島の中央って樹海だし？」

「そうだな」

そこにはオルトロスもそうだが、他にも危険な魔物が生息している。

しかし、マンティコアを倒した俺たちならば特に問題はないはずだ。

危険だから行ってはならんぞ、っていう展開ではない。

「島の中心に行ってみたいし！」

「よし、行くか！」

なんだかよくわからないけど、冒険者の血が騒いだ……気がする。

グリフィーに進路を変えてもらい、俺たちは山を越えて島の中央へと飛び出した。


「わぁー！　なんかすごい地形だし！」

俺のフード付きローブの中から響くジュノーの高い声。

「そうだな！」

いつもだったら耳元で叫ぶなって小言を並べるが、今は同意しておこう。

それだけ、改めて上空から見渡したデリカシ辺境伯領の景色は素晴らしかった。

言うなれば青ヶ島だな、規模のかなり大きな青ヶ島。

ワシタカくんに乗ってれば、こんな光景しょっちゅう目にするだろうが、俺はその時たいてい余裕がない、もしくは寝ているのだ。

「風が気持ち良いな」

空を飛ぶ時、周りに目を向ける余裕が一切なかったんだけど、しっかり体を固定する鞍、グリフィーや一緒に乗るポチの温もりが合わさって、心の余裕が生まれている。

……うん、空良いな！

優雅に空の旅を楽しめる飛行船、是が非でも完成に向けて頑張らないと！

「アォン」

俺のそんな呟きに、服の中に入ってカンガルーの子供みたいに顔を出すポチが返す。

ワシタカくんに慣れたらもっと気持ち良いと言っているようだった。

「慣れろ？　そ、それはちょっと……」

「オン……」

「いや、ワシタカくんはまた別次元の存在というか、なんというか」

高度もスピードもグリフィーの比じゃない。

旅客機に縛り付けられて空を飛ぶようなもんだから、まだしばらくは無理だ。

ため息を吐くポチに、そんな感じの弁明をする。

確かに、以前の小賢《しょうけん》ゴブリンみたいにワシタカくんの背中に立てれば格好良い。

だが、どうやるんだよって話だ。

足だけ固定できるとして、風圧に負けてリンボーダンス状態になりそうである。

「島の中央には何があるかな～♪　楽しみだし～ししし～♪」

想像してげんなりとした気持ちになっていると、ジュノーが俺の髪を引っ張りながらウキウキ気分で変な歌を歌っていた。

「もうすぐ中央だからって、あんまり期待するもんじゃないぞ？」

「なんでだし？」

「物欲センサーに感知されるからだよ」

「物欲センサー？」

ジュノーはきっと何かがあると思っているようだが、そんな時こそ何もないことが多い。

逆に、何もないだろうってたかを括っていると、何かあるって場合がほとんどである。

ゲーマーはそれを物欲センサーと呼ぶのだよ。

「あると思ったらなくなって、ないと思ったらあるし⁉」

「うん」

「ちょっとよくわかんないからパンケーキでたとえてみたらどうなるし⁉」

「いやもうパンケーキはいいわ……どうやって説明すりゃいいんだよ……」

無理やりパンケーキで説明するとしたら、パンケーキが食べたいと思っていたら、たまたまパンケーキを出してるお店が休みで悲しかったり、パンケーキの気分じゃないなと思っていたら、期間限定パンケーキが個数限定販売されていたりって感じだろうか？

「なんか、パンケーキのことを考え過ぎて胃もたれしてきた……」

「じゃあ何もない！　島の中央には何もないし！　あたしは何も探してないですよー！」

物欲センサーに引っかからないために、島に向かって叫び続けるジュノーである。

なんだこいつ。

「ポチ、これ今日パンケーキを出さなかったらどうなるかな……？」

「アォン……」

泣くからやめとけって？

確かにいつも楽しみにしてる分、食後にパンケーキが出なかったらガチ泣きしそうだ。

ポチの言う通りやめておきましょう。

「ねぇトウジ」

「はいはい」

「つまり、パンケーキがないって思ったらいっぱいあるってこと？」

「は？」

「あたしの気持ちが物欲センサーに引っかかって今まで一日1パンケーキだったとしたら、これから物欲センサーを回避すれば一日2パンケーキ食べられるってことだし？」

し、知らねえ！

「よーし！　パンケーキいらないパンケーキいらないパンケーキいらない！」

「……」

「……」

ヤベェ目つきでパンケーキいらないと呟き続けるジュノーに、俺とポチは絶句していた。

明らかに中毒者の目つきである。

「ポチ、パンケーキになんか変なものとか入れてないだろうな……？」

「アォン！」

入れてるわけがない、との抗議の声。

「だよな」

ってことは、ジュノーの頭が素でいかれてるって話になるのだが……。

「パンケーキいらないパンケーキいらないパンケーキいらない――」

ああ、バカだったな、こいつ。

パンケーキに挟まれた気分になりたいとか言って、俺の枕を奪ってくるし、寝言でもパンケーキを連呼するもんだから、最近では俺の夢にも出てくる始末だ。

一度、パンケーキ断ちをさせた方が良いのではないだろうか。

ギリスに来た当初は、一時期チーズケーキにもハマっていたし、他のケーキ類をローテーションで出して、パンケーキの呪縛から解き放てないか試してみよう。

◇　◇　◇

「……おっと、そろそろだな」

パンケーキ先生の死の呪文を聞き流しながら空を飛ぶこと数十分、いよいよ島の中央にある樹海のさらにど真ん中までやってきた。

「わぁー！」

鬱蒼とした樹海の中心地には泉があり、その神秘的な空間にジュノーが歓声を上げる。

「別に、家の浄水の泉もこんな感じだろ？」

「まあそうだけど、こっちには太陽があるし！」

おそらく風情が違うと言いたいのだろうな。

確かにそうだ。

太陽の木のおかげで、とても地下にあるとは思えない温かみのある空間へと様変わりしたギリスのダンジョンであるが、こうして風が吹いて森の良い香りがして、本物の太陽があるってのは、やっぱり違う。

「コレクト！　あっちに行ってみるし！」

「クエーッ！」

さっそくコレクトを足代わりにして、探検に行くジュノー。

「あんまり遠くに行くなよー」

「クエー」

「はーい！　コレクト、絶対お宝発見するし！」

物欲センサーの話を秒で忘れてしまっていた。

「……本当にお宝なんてあるのかね？」

「……アォン」

休憩用の椅子とかテーブルをインベントリから出しながら呟くと、ポチも「飽きてお腹が空いたら戻ってくるでしょ」と言わんばかりのテンションでため息を吐いていた。

おかんか、ポチ。

「なんにせよ、見つかったらそれはそれでよくやったって褒めておくか」

物欲センサーがあったとしてもコレクトには通用しない。

何かしらの発見があるはずだ。

さすがにどんぐりとか持ってこられたら絶句するけどね。

「さて、俺たちはお茶でも飲みながらのんびりするか」

「オン」

「グルル」

せっせとお茶の用意をするポチを尻目に、俺はグリフィーをブラッシングする。

今日は朝から頑張ってくれたから、このくらいはしないと。

「ほーれ、気持ち良いかグリフィー？」

「グルゥ～」

下半分のライオンの毛の部分をブラシすると、グリフィーは気持ち良さそうに目を細める。

嘴は黄色、頭はくすんだ白、羽は白から灰色へのグラデーション。

下半分は普通のライオン色である黄土色。

ブラシをしてわかったが、なかなか俺好みの良きもふもふ毛質である。

「グリフィーはなかなかの美人さんだな」

「グルゥ～！」

顔つきは凛々しい白頭鷲、頭の部分にミミズクみたいな羽角があって、この羽角でオスとメスを見分けるとのこと。

そして、優雅で気品のあるレディ要素を醸し出している。

本人の頭の中は、たぶん「ご飯食べたい」とかそんな感じだろうけど、それもそれで可愛いじゃないか。

「って、俺……普通に魔物をレディ扱いしてるな……」

ゴレオのせいだ、絶対。

「……アォン」

「ん？」

お茶の準備を進めていたポチが、頬を膨らましながら俺とグリフィーの間に割り込む。

装備を全部抜いて万全にしているあたり、これは抱っこを所望しているわけではない。

「ブラシかけろってか」

「オン」

毎日自分で丁寧にやっとるだろうに……まあ、たまには俺がするのも良いだろう。

「よーし！　二人とも俺好みの触り心地にしてやる！　うらー！」

それからめちゃくちゃブラッシングした。

「はあ……もふもふに囲まれて幸せ者だあ……」

ポチを抱っこしながら、グリフィーに埋まる。

危険な森だってのに、二人のぬくぬくもふもふに包まれて眠たくなってきた……――

「ああー！　トウジ！　トウジ！」

「――んあっ⁉」

やべ、普通に寝てた。

ジュノーとコレクトが興奮しながら俺たちの方へと飛んでくる。

「何？　どうしたの？」

「お宝発見かも！」

「クエーッ！」

「マジか。そりゃ良かったね、おやすみ」

「ちょっと！　なんで寝てるし！　お宝見つけたんだってばし！」

だってばし、と言われてもなあ……。

「どうせどんぐりか何かだろ？」

「確かにすごい形のやつ見つけたし……って、違うし！」

本当にどんぐりもお宝の一つとして見せようとしていたのか……。

他にもすごいものを見つけたと言うので、起き上がって話を聞くことにした。

「で、どうしたの」

「泉の中心に、なんか祠《ほこら》みたいなのがあるし！」

「祠……？」

「絶対お宝があるし！　コレクトだって気配がするって言ってるから早く行くし！」

「ちょっと待って、水の中でしょ？」

どうやって行くんだ。

寒さを無効にする装備をつけているが、泉に入るだなんて嫌だぞ。

「水抜けば良いでしょ、キングっちに頼んでよ」

「お前、そろそろぶっ飛ばされるぞ……」

祠が見たいので水を抜いてくださいって、俺がキングさんに頼めるわけがないだろ。

そんなこと言ったら俺がボコボコにされる。

「ねーえー！　トウジってばー！　んむー！」

「しょうがないな……」

腕をぐいぐい引っ張ってくるので、仕方なくボートを出して見に行くことにした。

「……ほんとだ、なんかある……」

「でしょー！」

ジュノーの言っていた通り、透き通った水の底に祠のようなものが存在していた。

「絶対絶対絶対なんかあるし！」

「いやでもさ……あったとしても、水浸しじゃない……？」

「そんなの見てみないとわからないし！」

なんだかバチが当たりそうで、俺は嫌なんだけどな……。

「とりあえず水島のおっさんに頑張ってもらうか」

「ミズシマならバチが当たっても良いし！」

すごい言われようの水島のおっさんとは、リバフィンというサモンモンスターである。

リバフィンとは、いつだかのCランク昇格依頼の折にたくさんいた二足歩行のイルカみたいなおっさん型のモンスターだ。

いや、おっさん型のイルカみたいなモンスター？　どっちでも良いな。

水場で作業する時なんか、結構呼び出して働かせている。

先日のうなぎ漁も水島に全部やらせたのだ。

くたびれたおっさんみたいな魔物を、馬車馬の如く働かせて可哀想……だとは思わない。

リバフィンは、俺の中ではすっかりギャグキャラ扱いなのである。

一度も召喚しない連中とかもいるんだから、水島だってきっとありがたく思ってるはずだ。

「頼むわ、水島のおっさん」

「キュピ」

風貌に似合わない可愛い鳴き声を上げた水島は、ビシッと敬礼し泉に飛び込んだ。

「祠の中を開けてみてくれー」

水中で再び敬礼した水島は、さっそく祠を開ける。

「――⁉」

その瞬間、祠から眩《まばゆ》い光が溢れ出してきた。

「な、なんだし⁉」

「水島、退がれ！　水島！」

俺の叫びも虚しく、水島は光に飲み込まれて消えてしまった。

「水島ぁっ！　あ、でもサモンモンスターだから大丈夫か」

「ト、トウジ！　そんなこと言ってる場合じゃない！　泉全体が……光ってるし！」

「え？　マ、マジか！　どうなってんだよこれ！」

ジュノーの言う通り、泉全体が大きく発光し、とんでもない光景になる。

「ジュノー！　とりあえずフードに入れ！　ポチもコレクトも俺の近くに来い！」

謎の事態に備えるために、ポチたちを側に置く。

もし、やばい魔物が出現したら、迷わずキングさんを出して戦ってもらおうか。

しかし、俺の想定したようなことは起こらず――


――気がついたら、目の前の風景がガラリと変貌を遂げていた。

雪が降り積もり、全方向見渡す限りが白銀の世界。

凍てつく風が寒さ耐性装備を超えて俺の頬を刺す中、ジュノーが呟いた。

「断崖凍土……？」

# 第二章　断崖凍土と階層氷城

「……断崖凍土？」

聞き返すと、頷きながらジュノーは言う。

「たぶん、あの泉自体がダンジョンに繋がるドアだったんだし」

「マジかよ……」

何かの封印が解けてしまったとかならまだ読めたのだが、泉自体がダンジョンに繋がるドアだなんて気付くはずもない。

「ジュノーは気付かなかったのか？」

「光に包まれた段階でドアだって気がついたけど、もう遅かったし」

「そうか」

おそらく、以前相対したマンティコアもあのドアを通って辺境伯領に来たのだろう。

そう考えると、辻褄が合った。

「これからどうするし？」

「そうだなー」

まっすぐ帰るのも良いけど、ジュノーも一度行ってみたいと言っていたので、この機会にちょろっと探索をしてみるのも良いかもしれない。

「せっかくだから行ってみるか？」

「おおー！　やったーっ！」

最近レベルの上がりも遅くなってきているし、ガッツリレベル上げをするのも良い案だ。

ポチたちも異論はないようなので、その方針でダンジョンへ行くことにする。

唐突な大迷宮探索だが、こういう時のための準備はインベントリに整ってあった。

ダンジョンに籠《こ》もるとしても、軽く一ヶ月は生活できる十分な量である。

「みんな寒さ対策はしっかりしとけよー」

寒さ耐性装備をしていたとしても、やや肌を刺すような冷たさを感じた。

このダンジョンの寒さは、北国の寒さとは桁が違うらしい。

「ほら、みんな着替えて着替えて」

「オン」

「グルル」

「クェー」

「はーい」

インベントリから防寒着を出したわけだが……なんで全員揃って万歳してるんだ？

「まさか、俺に着替えさせろってことか、まったくしょうがないな……」

そんなわけで、全員を着替えさせた。

「さてと、これで寒さ対策もバッチリだ。……で、ここどこだ？」

お揃いの防寒着を身につけて、グリフィーに乗って周囲をキョロキョロと見渡す。

見渡す限りの雪、雪、雪。さすがは断崖凍土と呼ばれる場所である。

断崖って言われているのは、船で近づくと切り立った巨大な氷の崖だからだそうだ。

凍土の中に道がたくさんあって、中央の氷城にアクセスできる。

「うーん、どこだし？」

「オッケー」

なんとなくダンジョンコアなら入り口も知ってるかなとジュノーに話を振ってみたが、たいして役には立たなかった。

ダンジョンへの地図なんて出回っておらずマップ機能に登録できてないので、とりあえず適当に進んでみるしかない。

「アォン」

雪の上を歩いていると、ポチが鼻をくんくんと動かしながら何かを告げた。

同時にグリフィーも何かに気がついて振り返るのを見るに、敵が来たようだ。

「ホッホッホッホッ」

全身白い体毛に覆われた大きな二足歩行の霊長類が、俺たちの前に姿を現す。

ビッグフットとも、サスカッチとも言えるような風貌。

あえて和名を使うのならば、雪男という言葉が当てはまるだろう。

「ポチ、先制攻撃」

「オン」

「ホホッ⁉」

ポチの矢を驚異的な身体能力でギリギリ躱《かわ》す雪男の魔物は、目をカッと見開いて、鋭い犬歯を剥き出しにして激しい雄叫びを上げた。

「……ホ、ホ、ホギャアアアッ！」

どうやら怒らせたみたいである。

しかし、魔物の威嚇行動でビビる俺ではもうない。

「グリフィー」

「グルゥアッ！」

「ホギャッ⁉」

体格で勝るグリフィーの鋭い鉤爪の餌食《えじき》になっていただいた。

大きく切り裂かれた雪男は、血塗《ちまみ》れになって転がりながら逃げていく。

よくもまあ、グリフォン相手に喧嘩を売ろうとしたもんだ。

おそらく、普通の魔物は寒さで動きが鈍って弱くなるのだろう。

「トウジ、逃がすし？」

「いや、逃がさないよ。ポチ頼む」

「オン」

逃走する雪男の後頭部に矢が突き刺さり、ドロップアイテムが飛び散って終了。

ドロップアイテムは毛皮と骨とサモンカード。

魔物の名前はサスカッチか、覚えておきましょう。

「よし、とりあえず適当に入り口がないか見て回るとするか……って、うぅ寒っ」

耐性持ちの防寒着を重ね着しているというのに、来た当初よりも寒さが増していた。

「山脈の時の防寒着じゃ足りないし？」

「全然足りないな」

アマルガムゴーレムと戦った時の寒さとは明らかに違った寒さの質。

ＨＰへの直接ダメージを伴うような、そんな寒さだった。

マフラー、耳当て付きの帽子を身につけたところで、雀の涙である。

足先なんか、ちゃんと対策しておかないとすぐに凍傷になりかねない。

「みんなは平気？」

「グルッ！」

「アォン……」

「クエェ……」

「グリフィーは大丈夫だけど、ポチとコレクトは結構厳しいってさ」

「なるほど」

耐性装備をもっとグレードの良いものに切り替えるべきだな。

いや、いっそのことまた別の装備を作っても良いかもしれない。


そんなこんなで、一度探索を断念することにした。

コレクトを戻し、ゴレオを召喚。

凍土の氷を削り出してイグルーを構え、俺が装備を作るための小屋を作った。

「わー、氷のお家だし！」

「なかなか上手にできたな」

イグルーの作り方は詳しくないが、形は知っていたのでそれっぽいのを作れた。

途中で押し寄せてきた氷タイプのゴロンみたいな魔物からドロップする氷材も、形が均一になっていてイグルー造りに一役買った。

ドロップアイテムにも隙はない。

この中で火を焚いて、グリフィーやポチに包まれてしまえばぬくぬくなのだ。

魔導キッチンを置くスペースはないが、ここで生活するわけではないからね。

一つイグルーを組み上げれば、それ単体としてインベントリに収納できる。

もし夜中に吹雪が押し寄せてきたとしても、吹き曝《さら》しの中で寝ることもなくなった。

準備万端だと言っておきながら、テントの一つもないとは……ミスったな……。

どうせなら、すごい強固な家を一つ購入して、インベントリに入れておこうか！

「ジュノー、ここにドアを繋げるのって現状難しい？」

「うーん、あたしの魔力的に四つ目のドア自体が難しいから……もっとダンジョンの階層を増やして保有できるリソースの量も増えたら、なんとか可能になるかなって感じだし」

「なるほどね」

ダンジョンのリソースは潜在能力を持った装備に全て使っているので、とりあえずコテージでも購入してインベントリに入れておく案を採用しよう。

「よし、みんな新しい装備ができたから配るぞー」

雑談をしつつ、装備を作り終えたので、みんなに装備させる。

【雪国の御守り首飾り】
必要レベル：0
UG回数：5
特殊強化：◇◇◇◇◇
装備効果：寒さによる継続ダメージを無効化

寒さ耐性装備を大量に作って重ね着する案もあったのだが、今回は耐性装備ではなく寒さによる継続ダメージを無効化するものをチョイスしてみた。

ネトゲでは、マップごとの地形や気象（水中や寒冷地、灼熱の火山地帯など）に応じて、十秒ごとにＨＰ10の継続ダメージがあったりするのだが、それを無効化するタイプの特殊装備である。

耐性装備を貫通した寒さは、いかにもそれっぽいってことで作ってみた。

重ね着するよりも身につけるだけで一発無効化だから、上手くいけば最高の結果だよな？

服や指輪でも可能だけど、そうするとコレクトが装備できないのでペンダント型である。

「ゴレオも一応つけといてね」

「……！」

ゴレオも氷の結晶のようなペンダントを首から下げて嬉しそうにする。

石だから必要ないかもしれないが、仲間外れは良くないからね。

「……！」

「トウジ、ゴレオが似合ってるか見てだって」

「……いや、いちいちメイドゴレオ状態にならなくて良いから」

どっちの姿でも似合ってるよ。

「わあ、これつけたら寒くなくなったし！　何これすごいし！」

「アォン！」

ジュノーやポチたちの反応を見る限り、どうやら俺の目論見は功を奏したようだ。

地形や気象に対する装備効果も、ちゃんとこの世界は機能するらしい。

水中での窒息ダメージ無効化装備とか、めちゃくちゃ有用な気がする。

「さて、寒さ対策も終わったし、先に進むか」

ゴレオを戻してコレクトを召喚。

「頼むぞコレクトー」

ペンダントを身につけさせて、そのままガイドをお願いする。

「クエッ」

寒くないことで調子を取り戻したコレクトは、グリフィーの頭の上で翼を曲げて敬礼。

よし、これで闇雲に歩き回ることもなくなった。

目的地がわからない時は、コレクトのお宝とか俺の欲しがるものを見つける能力が一番だ。

ダンジョンにはお宝があったりするから、きっとこれで大丈夫である。

「クエックエッ！」

「ん？　さっそく何か見つけたのか？」

コレクトの案内に従って先に進むと、雪の中に何やら蓋《ふた》のようなものを見つけた。

「お、これ中に入れるっぽいな！」

「きっとダンジョンの入り口だし！」

さっそく発見とは、さすがコレクトである。

ここを起点にダンジョン内へと入って探索開始だ。

ダンジョン内に入ってからは、グリフィーを戻してゴレオを召喚する。

外とは違って、ダンジョン内は迷路のようになっているからだ。

前衛にゴレオ、その後ろに俺とポチが位置取るという、いつものパターンで進んでいく。

「なんだか思ってたのと違うし」

俺のすぐ後ろで、コレクトの背中に乗ったジュノーが拍子抜けしたように言った。

「まあ、確かにな」

断崖凍土、そして本陣に氷城があるのならば、壁の全面が氷でできた通路が広がっているもんだと俺も想像していた。

しかし、文字通り蓋を開けて入ってみると、進めど進めどゴツゴツとした洞窟《どうくつ》が続いていたわけである。

「もっとこう……氷！　って感じかと思ってたし！」

「氷かあ……でもまあ、全部が全部氷だったら、見てるだけで気分が寒くなりそうだよ」

「そうだけど、もっと幻想的なのを想像してたんだし！　期待を返して欲しいし！」

「無理言うなよ……」

本当に氷で全部できてたら、ツルツル滑って大変そうだ。

その上で魔物に襲われたらたまったもんじゃない。

「奇を衒《てら》うよりも普通が一番だぞ」

このダンジョンはそれをわかっているのかもしれないな。

もし深層の氷城までたどり着いて、マジモンの氷の城だった場合は、かき氷にして食ってやろうかと思っている。

ダンジョン内で食べるダンジョン飯ではなく、文字通りダンジョンを食うダンジョン飯。

これ新しいのでは？　腹壊しそうだけど。

そんな感じでダンジョン内を進みつつ、こう思う次第だった。

「うーん、質的にはジュノーのダンジョンの方が鉱石いっぱいあって良かった」

「それマジだし？」

「うん」

このダンジョンは、入ってまだ一度も採掘ポイントを見ていない。

このままだと、本当に普通で楽しくないダンジョンの可能性があった。

今までのダンジョンは、何かしらの収穫があったんだけどなあ……。

「鉱石がたくさんあって、しかもオリハルコンまでもらえたジュノーのダンジョンは、ぶっちゃけどの大迷宮よりも冒険者に利益のある素晴らしいダンジョンだったよ」

「本当に本当？　ジュノーのダンジョン最高だし？」

「最高だ。ジュノー最高」

「むふー、トウジもたまには良いこと言うじゃんし？　えへ、えへへへへ」

惚けたようにニマニマしながら、コレクトの背中から俺の後頭部に乗り換えるジュノー。

「最高ジュノー様のハグなんだから、感動を心に刻むし～？　むふふ！」

「お、おう……」

柔っこいものが後頭部に当たる感触はあれど、小さい。

そもそも人ではなくダンジョンコアだから、特に嬉しくもなんともなかった。

「ほれほれ、どうだしどうだし？」

「いやその……そろそろ鬱陶《うっとう》しいというかなんというか……」

つーか、冒険者に利益のあるダンジョンって、ダンジョン側からしたらポンコツだって言われてることと同じなんだけど、その辺わかってないっぽい。

ジュノーから「それどういう意味だし」との返答を予想してのジョークだったんだが、ガチで今の言葉を肯定的に受け取るなんて、やっぱりこいつはポンコツだ。

「アォン」

そんなやり取りをしていると、ポチが目の前に何かがあると指を差す。

「ん？」

洞窟の先の大きく開けた場所に、看板がかかった大きな扉がありこう書かれていた。

〔ここからは氷城第一外壁層じゃ。もう甘くはない。死にたい奴だけかかって来いじゃ〕

「……なんだしこれ、こっからダンジョンの本番だってことだし？」

「……書いてあるならそうじゃない？　知らんけど」

それよりなんでダンジョン内にこんな看板があるんだ。

冒険者がイタズラでかけたのだろうか？

いや、それはないな……俺の後頭部にいるポンコツも、同じことをやりかねないからだ。

ダンジョンコアって、みんなバカなのか？

「とりあえず、罠かもしれないから気をつけよう」

みんなが頷くのを確認して、念のためゴレオに扉を開けてもらって中へと入る。

すると、今までのダンジョンとは大きく様変わりした景色が広がっていた。

「な、なんだこれ……」

広々とした巨大な空間に、氷でできた大きな外壁。

その奥の氷でできた要塞を衛兵みたいな氷のガーディアンが守護している。

「マジで、ダンジョンかよ……？」

今まで歩いていた洞窟がまるで夢でしたと言わんばかりの変貌。

興醒めかと思いきや、断崖凍土……恐るべし。

◇　◇　◇

ガシャン、ガシャン、ガシャン――。

氷でできた城壁の上を氷の鎧を身につけたガーディアンが徘徊している。

一定速度、一定距離を保ちつつ、全てのガーディアンが連動して動く姿は、まるでプログラミングされた機械のようにも思えた。

「ガルルッ」

外敵は冒険者だけではないようで、時たま城壁への階段を駆け上がろうとする雪豹の魔物を見つけては、携《たずさ》える氷の槍で迎撃。

「――ニャオンニャオン⁉」

侵入してきたものは魔物であれなんであれ、攻撃対象にするらしかった。

しかし、警備の対象はあくまで城壁内であり、離れれば深追いはしてこないみたいである。

「なんか……すごい光景だな……」

周りの魔物たちは、ガーディアンの守りが手薄な場所を狙って果敢にアタックを繰り返す。

いったい何がそこまで魔物たちを掻き立てているのだろうか。

欲望を掻き立てる何かが、城壁の奥にあるってことなのかもしれない。

つーか、ダンジョンコアはバカとか考えてごめんなさい。

やっぱりすげぇよ、大迷宮。

「トウジ、どうするし？」

「そうだなあ」

死にたい奴だけと書かれていた通り、手出ししなければ何もない。

だが、冒険者としてここで引き下がるわけにもいかないだろう。

「そのまままっすぐ行くぞ」

「えっ⁉　魔物もたくさんいるし、ガーディアンもしっかり守ってるし⁉」

「そうだけど、他に道はなかったしな」

理由は単純明快で、ここに来るまでの通路が一本道だったからだ。

別のルートがないのだから、今あるルートで正面から行くしかないってこと。

外まで引き返して、別の入り口を探すだなんて面倒臭い。

「まあ魔物が襲ってきたら倒してドロップアイテムに変えるだけだしな」

わざわざこっちから倒しに行くつもりはないけど、来たら狩る。

ただそれだけだ。

「最初の段階でつまずくくらいじゃ、奥に行っても逃げながらのダンジョン探索になる」

あと、扉にあった看板。

〔ここからは氷城第一外壁層じゃ。もう甘くはない。死にたい奴だけかかって来いじゃ〕

死にたい奴だけかかって来い、か。

これは明らかに冒険者を試すダンジョンコアからの挑戦状。

だったら、正面から正々堂々と行ってやろうじゃないの。

「氷全部かき氷にして食ってやる……行くぞ！」

「アォン！」

「……！」

俺はポチとゴレオを連れて、城壁と歩き出した。

ジュノーとコレクトは、空中の安全な場所にいてもらう。

「ガルル……」

急に現れた俺たちを見て、訝《いぶか》しげな表情をする雪豹。

「グルルル……」

「グルルゥ……」

白銀色の狼の群れは、臆すことなく城壁へと進んでいく俺たちを前にして、どう行動したら良いか決めあぐねているようだ。

「なんかトウジ、格好良いかも……魔物の中を堂々と歩いて、英雄みたいだし……」

「おう」

でも、ぶっちゃけ心の中はビビりまくっていて、それを表情に出すことなく、強がって歩いているだけなのである。

ポーカーフェイス。

二十九歳フリーターのなせる唯一の秘奥義だ。

え、トウジさんってその年でまだフリーターなんかやってるんですか？

なんてバイトの後輩に言われた時、よくこんな顔をしていた。

澄ました表情で「そうだよ」って返してやれば、相手は勝手に「あ、この人夢を追ってフリーターしてる感じなんだ？」って想像をする。

本当の姿は早く家に帰ってネトゲをしたいただのダメ人間なんだけどね！

悲しきかな、前世。

「ガルッ！」

「動くな！　もふもふの刑に処すぞ！」

「ガルッ!?」

ガーディアンから獲物を俺たちに切り替えた一匹の雪豹が襲いかかろうとしてきた。

だが、その寸前で適当に声を荒らげ「なんだこいつ？」と思わせる感じで足を止めさせ、その隙にポチがクロスボウで眉間をぶち抜いてさっさと片付けた。

「お前らもこうなりたくなかったら寄ってくんなよ！」

「……ガルゥ」

「……グルル」

力の差を見せつけられた魔物たちは、俺たちを睨みつけたまま固まっていた。

おーこわ。

こいつらを狩り尽くしても良いのだけど、今は探索がメインなのだ。

ギリス首都を出てから、そこそこの日数も経過している。

これ以上自宅を放置するとマイヤーも心配するだろうし、さっさと探検して戻ろうっと。

◇　◇　◇

魔物がひしめく城壁前を抜けた後、ガーディアンを相手にしながら先に進んでいた。

ガーディアンは城壁に侵入した俺たちをしつこく狙ってきた。

いったいどうやって感知しているのかわからないが、まずは一番近場にいる一体が排除のために近寄ってきて、それを倒すと次は二体、その次は四体とどんどん増えていく方式である。

「ゴレオ！」

「……！」

俺の指示に合わせてゴレオが前に出て大槌を振ると、ガキャッとドロップだけ残してガーディアンは粉々に砕け散った。

「もう、キリがないし！」

砕けたガーディアンの破片がダンジョン内に吸い込まれていく様子を見ながら、ジュノーがうんざりとした表情で文句をつける。

「本当だな」

今しがた目の前にいたガーディアンの数は三十二体くらいだった。

倒すと倍になって押し寄せてくるから、そこから計算すると六回目の戦闘である。

まだ城壁内に入って間もないというのに、多過ぎだろ。

「トウジ、たぶん倒した後の残骸《ざんがい》も再利用してるっぽいからまだまだ増えてくるし」

「マジか……」

うーん、普通に正面から突破しようとしたのは、悪手だったかもしれない。

俺たちの力量を測るようにどんどん増えていくガーディアンの姿に、あの看板に書かれていた文章もハッタリではなかったようだ。

「でもジュノー、ゴレオの攻撃で粉々になるくらいだから、数はまだ問題じゃないよ」

圧倒的な数を揃えていたとしても、こっちの攻撃力が圧倒的に上回っている。

氷でできているからか、ガーディアンは非常に脆《もろ》かった。

俺の片手剣でも一撃で倒せるレベルなので、ゴレオが大槌を横なぎに振るうだけで面白いように壊れ、まるで無双ゲームみたいだった。

だからうんざりするほどの量だとしても、まだ耐え切れないほどではないのである。

「でもでも、倍になるなら次は六十四体で、その次は百二十八体だけど、どーするし」

「……さすがに百体規模で押し寄せてくるのはないだろ」

城壁内の道は、今までの洞窟よりも多少広いといえど限度はある。

さらに、他にも付け狙う魔物がいて、そこまで俺たちにリソースを割けるもんかね。

「大迷宮クラスだったらありえるし！　あたしができないこともやってのけるし！」

「だったら俺たちも、俺たちにしかできないことをやってやろうじゃん」

格上の先輩ダンジョンだから臆する気持ちもわからんでもない。

しかし、戦いの火蓋は切られた。

ガーディアンとの不毛な戦いが始まってしまった以上、逃れることはできないのである。

「作戦はいくつか考えてあるよ」

「作戦だし？」

「うん、とびっきりの作戦だね」

この氷のガーディアンは弱く作られているせいか、ドロップケテルや氷塊以外はなんのドロップも落とさない。

サモンカードすら、だ。

ジュノーのダンジョンで倒したオリハルコン製のガーディアンも、サモンカードを落とさなかった。

おそらくガーディアン系の魔物はサモンカードを落とさないのだろう。

もしサモンカードがドロップするのなら、ぜひともそのまま無限に湧いていただいて、サモンカードをゴッド等級の必要枚数まで集めるつもりでいたのだ。

あえてダンジョンに吸い込まれていく砕けた体を放置していたのは、これが理由である。

それももうやめだ。

今回の作戦は、倒したガーディアンの残骸を片っ端から回収し、このダンジョンのリソースを根こそぎ食い潰してやろうってものである。

邪道とも、一周回って正攻法とも言い切れる戦法。

ガーディアンのリソースをリサイクルしているのであれば、実はそこまで余裕がないのかもしれないので、俺はそこを突く。

見えるぞ、リソースを食い潰されて泣きついてくるダンジョンコアの姿がな！

「よし！　片っ端からガーディアンを倒して、インベントリに回収していくぞ！」

向こうから勝手に増えて襲いかかってきてくれるので、能動的に動く必要はない。

地味にレベル上げにもなるから、最高のレベルアップイベントみたいなもんだ。

「……なんか、セコくないし？」

俺の発言に、ジュノーが腕組みしつつ、ジト目になって苦言を呈す。

「何を言うか」

にこやかに笑いながら、彼女の言葉に反論した。

「勝負事って、相手がいかに困ることをするかってのが大事なんだぞ？」

「で、でもぉ……」

「強い敵に、倍の数で迎撃に当たらせる仕様にしたのはあくまでダンジョン側です」

あくまでゲーム的な返答をするならば、これは仕様だ。

バグではない。

「俺は絶対に譲らないぞ」

「ちょっと幻滅したし……堂々と歩いてた時は格好良かったのに……」

格好悪くとも結構だ。

もともと二十九歳フリーター、格好良い生き方なんて捨てた。

泥臭い戦法でもなんでも良いんだよ。

社会的な抑圧の中を生きてきた俺とダンジョンとの根比べだ。

◇　◇　◇

「アォン」

「ん？　ああ、ありがと」

ゴレオとひっきりなしにやってくるガーディアンを倒していると、後ろでポチが茶菓子を用意してくれていた。

戦闘をゴレオに任せて、俺はポチの用意した茶菓子を食べることにしよう。

「ふう、結構倒せたな」

俺たちは、城壁内を少し進んだ場所にある一本道の一番奥の空間に居座っていた。

こうすることによって、ガーディアンの進行方向が一つになり、戦いが楽になる。

そんなこんなでゴレオに延々と大槌を振るってもらう作業を繰り返し、インベントリにはいつの間にか、三千七百五十九体の残骸が溜まっていた。

ゴレオはゴーレムだ。

文字通り石でできた体は疲れ知らずってなわけで、膨大な数のガーディアンに対抗できているのである。

体を維持する魔力のようなものが切れてしまうこともありえるのかもしれないが、そこは俺のインベントリ内にあるMP回復ポーションで解決だ。

毎日休まずポーション製作を続けているので、インベントリ内に溜まった分を数えてみたら万を超えていた。

ガーディアン百体で、一個ポーションを使ったとしても、余裕で足りる。

「アォン」

「見てないで早く食べろって？　ごめんごめん」

ポチにどやされたので、さっそく茶菓子をいただこうか。

今日のおやつは、かき氷のフェアリーベリーシロップがけ。

「では実食！」

ダンジョンを食べてやるという気持ちを込めて作ってもらった逸品だが、城壁の一部を削り出したものではなく、ガーディアンからドロップした氷を使用している。

汚水スライムからドロップした清水の件もそうだが、基本的にドロップアイテムの食材は食べても大丈夫なものが多いのだ。

「うむ、異世界でも変わらず美味しいな、かき氷は」

フェアリーベリーの甘酸っぱいシロップがよく絡んでいて、見事な清涼感である。

これにフルーツとか載っけたり、果汁を使ってシャーベットなんかも夢が広がるぞ。

あとあれだ、俺はミルクセーキが飲みたい。

以前商店街でミキサーを購入したから、ミルクセーキくらいは余裕で作れるはずだ。

「ねえ、寒いのになんで冷たいものを食べるし？」

ジュノーは、自分のおやつである焼きたてほっかほかのパンケーキを食べながら、かき氷を食べる俺の姿に首を傾げていた。

極寒の地で冷たいものを食べるってのが信じられないといった様子である。

「いやいや、それがうまいんだってば」

「ストーブの前でそんなこと言われても……氷を食べなきゃ良いし……」

まったくジュノーはわかってない。

「寒い状況で、その寒さに抗って暖かくして冷たいものを食べる……最高の贅沢だろ？」

要は、冬場に暖房を効かせた部屋で食べるアイスだ。

夏に涼を求めて食べるアイスよりも、なんだかわからないが美味しいんだよ。

そう告げると、ジュノーはちょっと考えた後に、俺からかき氷の載ったスプーンを奪い取ってストーブの前に行ってかき氷を食べ始めた。

「た、確かに……なんかこれ、ハマっちゃうかもだし」

「だろー？」

優越感、背徳感、お得感、色んな要素が合わさってより一層美味しくなるんだ。

通路からガーディアンが大量に押し寄せてこなければ、最高のひと時である。

「よし休憩終わり！」

良い感じに疲れも取れたので、ゴレオの元に戻ってガーディアンの残骸集めだ。

「次のガーディアンを倒したら、ミルクセーキにしよっと」

「ミルクセーキってなんだし？　なんか甘くて美味しそうな名前だし！」

ボソッと呟くと、ジュノーがシュババッと反応した。

甘いものセンサーでも搭載しているのだろうか。

「神の飲み物に近いやつだよ」

「神の……ごくり、それは甘くて美味しいやつ？」

「めっちゃ」

そう告げると、ジュノーはテーブルをバンバンと叩きながら興奮しだす。

「早く！　早く倒して休憩するし！　早く早く！　ミルクセーキ飲みたーい！」

「はいはい」

ポチに作り方を教えるところから始めなきゃいけないんだけど、ぶっちゃけ牛乳に卵、砂糖、氷をミキサーで混ぜ合わせるだけの簡単なもんだ。

ポチの料理センスが組み合わされれば、勝手にアレンジされてさらに美味しいミルクセーキになるだろう。

「楽しみだし！　……っていうか、トウジ」

「ん？」

「これ、いつまで続けるつもりだし？」

これって、ガーディアンを倒し続ける作業のことか。

「もちろん、断崖凍土のダンジョンコアが音を上げるまでだぞ？」

「……本当に音を上げるし？」

確かに相手はダンジョンコアだから、たかが四千体弱のガーディアンを倒したところで、音を上げることはまだないだろうと想定している。

しかし、ドロップケテルやかき氷の材料が無限に手に入るこの状況は、お得なのだ。

経験値だって申し分なく、俺のレベルももう73まで上がっている。

一体一体の経験値量はさほどでもないが、これだけの量になってくると話は違った。

「俺はまだまだ行けるぞ」

「やっぱり大迷宮を相手に根比べをするってのが、おかしいし」

「はは、かもな」

普通は、消耗を極力抑えようと戦闘を控えるから、絶対にやらないであろう戦法。

インベントリ内に大量に食糧とか生活用品を備えているからできることだ。

「まあそんなに心配するなって、呑気にお茶してるけど、気を緩めたわけじゃないから」

「本当だし？」

「うん、相手は一応大迷宮だってのは、念頭に置いた上での作戦だからね」

相手の戦力を少しでも削っておく、という意味では非常に有効な手だと思っている。

「とりあえずジュノー、今は先輩ダンジョンの見学でもしといたら？」

「見学も何も、トウジの攻略法がイレギュラー過ぎて、逆にトウジのアイデアでダンジョンを作った方が良い気がするし……それに、ダンジョン大きくしてもパンケーキ食べれないし」

そういえばダンジョン拡大よりもパンケーキの方が重要だったな、こいつ。

ダンジョンコアとしての本能はもう死んでいる。

残っている部分といえば、俺のフードに引き籠もるくらいなもんだ。

そんなことを話していると、何やらガーディアンに動きがあった。いや、厳密に言うと、

「あれ、ガーディアンの動きが止まってる？」

「本当だし」

どうしたんだろう、と思っていると、行き止まりだったはずの壁が突然ぐにゃりと歪みだして穴が開き、下へと繋がる階段が出現したのだ。

まるで奥に誘うようなその階段……なるほど、どうやら根比べは俺の勝ちってことだ。

◇　◇　◇

急に現れた階段に一歩踏み出すと、薄暗い巨大な空間が姿を現した。

そこにはいくつもの階段が存在し、無数の階層へと繋がっている。

「へー、ガーディアンを作る場所を一つにまとめてるんだし？」

「どうやらそうっぽいな」

隊列を組んだガーディアンが他の階段を登っていくところを見るに、どうやら生産場所から各階層にガーディアンを送り込むための連絡通路のようだ。

「なるほどだし、こうして階段だけの階層を作っておけば、効率良く移動できるし」

さながら工場見学のようなテンションである。

ジュノーのセリフを聞きながら、一つ気になることがあった。

「ダンジョンコアの権限で、転移できるんじゃなかったっけ？」

俺がジュノーのダンジョンから外に出してもらった時のことを思い出す。

「できるけど、大量のガーディアンをいちいち転移させるのは面倒だし」

「ふむふむ」

「かなりの魔力を使用するから、自分で動けるなら勝手に持ち場に行けるように最短ルートを敷いておくのは理に適ってるんだし」

「なるほどねー」

なんだかんだしっかり分析して勉強しているジュノーだった。

「よし、着いたな」

階段を下り終えると、目の前に大きな扉があって勝手に開く。

こっちだ、と案内されているかのようだ。

さらにそこから「こんな空間いる？」ってくらい広くて長い廊下を歩くことになる。

「面倒だな……クイックで行くぞ。魔物はいないし速さ優先だ」

断崖凍土は縦にもでかいが、横の長さは海を隔てた二つの国を繋ぐほど。

悠長に歩いていたらいつたどり着けるかもわからないので、ゴレオを戻してグリフィーを召喚し、全員で乗って移動することにした。

クイックを用いた高速飛翔により、廊下の終わりを告げる扉が見えてきて、これまた俺たちが目の前に行くと自動的に開く。

いいな、これ。

この自動ドアの仕組みをぜひともうちのダンジョンでも採用したい。

透明な氷をガラスの代わりにして作ったら、見栄えもかなり良いぞ。

「やっと到着した――ん？」

グリフィーに乗ったまま扉を潜ると、誰かがいた。

薄青色の長い髪の毛を二つ結びにした子供が「うんしょ、うんしょ」と着替えている。

目があった瞬間、子供は「のわあああ!?」と言いながら胸を押さえて蹲《うずくま》った。

「……新手のガーディアンか？」

「何を言うとるか！　レディの着替え途中に押し入って、この不届き者が！」

「ええ……」

レディという言葉に疑問を感じる。まだ子供じゃないか。

子供の下着姿を見たところで、なんとも思わん。

「ガーディアンじゃないなら、誰ですか」

「お主こそ誰なのじゃ！」

……なのじゃ？　なんか聞いたことあるぞ。

城壁前の扉にあった看板に「じゃ」という語尾があったような……。

「もしかして、ダンジョンコア？」

そう呟く俺に、ジュノーが返す。

「いやトウジ、あれはダンジョンコアじゃないし」

「え、そうなの？　じゃあ、新手のガーディアンじゃん」

俺の最初の予想は合っていたと言える。

さすがに長い廊下を通ってきたとはいえ、いきなり最深部到達はないからな。

「ガーディアンってゴーレムタイプばっかりだと思ってたけど、色々と種類があるんだね」

「うーん……ダンジョンコアが作れるのは基本的にゴーレムタイプだけだったと思うし？」

「どういうこと？」

つまり、ガーディアンではない？

「とにかく、ダンジョンコアではないだけで、あとはわかんないし」

「ほーん、まあなんだって良いさ」

俺は誘われるようにここにたどり着いた。

そしたらこの幼女がいたってことは、こいつに呼び出されたと言っても過言ではない。

「断崖凍土のダンジョンコア！　なぜ俺を呼び寄せたんだ！」

「そんなことどうでも良いから、とりあえずあっちを向けい！」

「ええー……」

まったくなんだよ。

呼ばれたから来たってのに、「誰じゃ」とか「あっちを向け」とか。

「それが客人に対する礼儀かよ」

「誰が客人じゃ！　まったくもう、なんという奴じゃ……」

クソガキはぶつくさ文句を言いながらワンピースを身につけていく。

ちなみに俺はその様子をガン見していた。

別に見たいからというわけではなく、余所見して攻撃されたら怖いからだ。

まったくもって正当な理由である。

「……ってあっちを向けい！」

「いや、その隙を突いて攻撃されたら嫌だなって」

「そんな卑怯な真似はせんのじゃぁ！」

「うーん……」

まだ疑いの目を向けていると、ジュノーが俺の目の前に来た。

「もー！　トウジは見ちゃダメだし！　あたしが見とくから！」

「仕方ないな。あとどれくらい待てば良いの？」

「えっと……着替えて、髪に櫛《くし》をして結び直して……あとパジャマを所定の位置に持っていかないと怒られちゃうから……だいたい三十分くらいを目処に出直すのじゃ！」

バタン、と今いる部屋から扉の前に追い出されてしまった。

……おい、三十分は少し長くないか？

「ここはダンジョンだぞ、実家じゃねーんだぞ……」

「アォン……」

大人しく待っていようとポチに言われたので、俺たちはあのクソガキが準備を整えるまで、しばし扉の前で待機することとなった。

その間、時間を持て余した俺たちは、ジュノーがミルクセーキを飲んでみたいと駄々をこね始めたので、再びテーブルやキッチンを用意してティータイムをすることに。

冒険が始まってから、魔物との戦闘以外はティータイムしかしてないぞ、俺たち。

「はい、これがミルクセーキ」

ガリガリガリとミキサーで氷と牛乳、砂糖、卵を混ぜ合わせた液体をコップにとぷとぷと注いで、ストローをさしてジュノーに渡す。

「ほおおおお！　これは飲み物なんだし？」

「うん。でも氷多めだと飲み物じゃなくてシャーベットみたいになるよ」

俺のよく知るスタンダードなミルクセーキは、飲み物だ。

しかし世の中には、アイスを加えたりするアメリカンスタイルってのもあるらしいね。

「とりあえず、どっちも食べてみたいし」

「はいはい。ポチ、お願いできる？」

「オン」

任せろ、という具合に胸をポンと叩いたポチは、ミルクセーキ作りに戻る。

俺はコレクトの代わりに召喚し、メイド服を身につけたゴレオの給仕を受けつつ、グリフィーのもふもふに背中を預けながら、待ち時間を利用して装備やポーションを作っておく。

……それからしばらく製作に打ち込んでいると、隣で騒がしい声が響き始めた。

「わぁぁ～！　すっごい美味しそうだし！」

目を向けると、テーブルに並べられたデザートに目を輝かせるジュノーの姿。

まるで遠足気分だな。

これまでの行動を省みれば、あながち間違いじゃないってのがなんとも……。

「これは普通のミルクセーキで！　こっちは紅茶！　紅茶の香りがするミルクセーキ！」

ジュノーの要望に沿って、ポチが色んなミルクセーキとデザートを準備してくれていた。

他には、フェアリーベリーや果実のシャーベット、そしてどうやって作ったのか知らんが、バニラアイスっぽいものまで存在していた。

……おい、ちょっと待て、バニラアイスってなんだ？

「ポチ、このアイス……どうやって作ったんだ？」

匂いもマジでスーパーに売ってるバニラアイスそのまんまだぞ。

「オン」

明らかに今まで見たことないアイスについて尋ねてみると、ポチは懐《ふところ》から、カラッカラに乾いた黒くて細長い何かを取り出した。


【バニラの実】

乾燥したバニラの実からはバニラビーンズが取れる。


受け取って確認してみると、バニラだった。

何気に初めてバニラの実ってのを見たんだけど、香りからは想像つかない見た目である。

つーか、バニラって確かマダガスカルとか、暖かいところでしか採れないんじゃなかった？

なんでこんな極寒の地に、こんなもんがあるんだ。

「どこで見つけてきたんだ？」

「アォン」

「甘い匂いがした部屋があったから、気になって行ったらこれがあったってさ」

ポチの言葉を通訳するジュノー。

どうやら、この場所に来てからずっとあたりを漂う甘い匂いが気になっていたとのこと。

ポチの嗅覚は目敏く匂いの正体を見つけだし、俺が製作に打ち込んでいる間に、こっそり見に行って勝手に取ってきたらしい。

「よくやるな……」

実家みたいなテンションでお出迎えされたが、一応ダンジョンだ。

気軽に歩き回れるようなところではないのだが、さすがパインのおっさんの弟子である。

たまにポチがふらっと消える時があるのだけど、もしかしたら一人でこうして何か珍しい食材を探しに行ってる時があるのかもしれない。

「ねえ！　この黒いのを使ったアイス？　なんかすごく甘い匂いで美味しそう！」

バニラを知らないジュノーに教えてやる。

「バニラっていって、アイスクリームとか甘いものにすごく合う植物だよ」

「へー！　良い匂い過ぎて鼻の穴が広がっちゃいそう！　くんくんくん！」

鼻の穴を限界まで広げ、ゼロ距離でバニラアイスの匂いを嗅ぐジュノーは、閃《ひらめ》いたようにスプーンでアイスを掬《すく》うと、熱々のパンケーキの上に載せ始めた。

できたばかりで湯気を上げるふわふわパンケーキの上を、バターみたいに溶けて摩擦係数ゼロ状態でとぅるんと踊るように動くバニラアイス。

美味しそうだな。いや、絶対にうまいやつだ。

「ゴクリ……」

毎日パンケーキを食べる奴がいるおかげで、正直見飽きたレベルだったのだが、これは久々に食べたくなるビジュアル。

「うまっ⁉　何これうまっ⁉　パンケーキ業界の革命児ってレベルでうまあああ！」

バニラアイスパンケーキを食べたジュノーは、頬を押さえて殺虫スプレーをかけられた羽虫みたいに飛び回る。

「だろうな。見た目ですでにうまい」

「トウジ、トウジ、トウジ！　一口食べてみるし！」

わざわざフォークに刺して、アイスを載っけて持ってきてくれたので素直にいただく。

「うまぁ……」

久しぶりに食べたバニラアイスの味は、とんでもなく懐かしかった。

熱々パンケーキと冷たいバニラアイスのコラボレーションは、天にも昇る思い。

「これ、ミルクセーキに入れても美味しいよな」

「トウジ天才か！　天才の発想だし！」

いや、パンケーキに載っけるのとあんまり変わらない発想だが……。

「ミルクセーキに入れるし！　バニラ塗れにしてやるしー！」

「いや、入れすぎると臭くなると思うけど……まあ、好きにしたら良いよ……」

バニラが異世界に存在するのならば、マイヤーに仕入れることができるか聞いてみよう。

異世界で、甘味は重要な娯楽だからね。

「ほらああああああああ⁉　頭が⁉　んがっ、んあーーーーーーーーっっ‼」

「ああもう、アイスにいきなりがっつくから……」

アイスと頭痛はセットだよね、と額を押さえて転げ回るジュノーを見ながら思った。


そんな感じでバニラを楽しんでいると、気付けば一時間ほど経っていた。

あれ……俺、何しに来たんだっけ？

バニラアイスを食べに？　かき氷を食べに？

なら満足したし、そろそろ帰るか……なんてな。

よくわからん理由で三十分後に来いと言われたから、あえて倍の時間を費やしたのだ。

これだけ待ってれば、さすがにしっかり準備も整うだろう。

「さて、そろそろあいつのところに行くか」

立ち上がってインベントリにティータイム用のテーブルセットを直そうとしていたら――

「――遅いのじゃああああああああ!!」

扉を乱暴に開いて、向こうからおいでなさった。

「あ、わざわざ御足労どうもありがとうございます」

「こっちのセリフじゃろ！　なんでわしが伺いを立てる雰囲気になっとるんじゃ！」

ガビーンとど定番なリアクションを取るこの「のじゃロリ」の反応が面白くて、ついついいじってしまった。

そろそろ不憫に思えてきたので、話を戻すとするか。

「……のう、そこの冒険者よ」

「はいはい？」

「わしの大事なバニラの実が部屋から消えとったんじゃが、知らんか？」

話を戻そうと思った矢先に、別の話に切り替わってしまうこの状況。

うーん、不毛だ。

俺はのじゃロリが何者かってことについて、聞きたいのに。

そしてバニラの実ですか……ええ、身に覚えがあります。

ポチはどこから持ってきたんだと思っていたが、まさかこいつの部屋だったとは……。

さすがにマズいだろ。

「……バニラの実ですか？」

「そうじゃ。まあ知らんかったら良いのじゃが、どうも忽然《こつぜん》と姿を消しとってのう？」

のじゃロリは訝しげな視線を俺に向けて言葉を続ける。

「盗《と》る奴はおらんと思うが、それよりもバニラの実がひとりでに出歩く状況こそ、さらにないと思うてのう……わしがパジャマを洗濯物コーナーに出しに行っとるうちに勝手に出歩いたりしとらんじゃろうな？」

「むむ？」

「むむ、じゃないが。別にお主らのことを疑っとるわけではないのじゃが、とりあえず甘い匂いのする黒い植物に見覚えはないかの？　っていうかお主らしかおらんじゃろ」

「……えっと、はて？」

完全に怪しまれている。

「くんくん、くんくん、なんかこの辺、甘くないか？　正直に言ってくれれば怒らんぞ？」

「……そ、そんな匂いしますかね？」

「うーん、お主らからぷんぷん匂ってくるのう」

鼻をクンクンとさせて、もう全てわかっておるぞといった表情をするのじゃロリ。

ここら一帯は、ポチの作ったバニラアイスのおかげで甘い匂いがすごい。

これ以上言い逃れはできないと踏んで、俺はポチにとある指示を出すことにした。

「ポチ、おもてなしセット対応その五十六！」

「アォン」

俺の言葉に合わせて、グリフィーとジュノー以外がささっと行動を開始した。

俺はインベントリから質の高いティーテーブルを取り出し、調度品を配置。

ポチは驚くべき速度で紅茶と茶菓子を作り直す。

ゴレオは瞬時に体をメイドゴレオ化すると、のじゃロリを抱え上げて椅子に座らせ、肩や足などの凝ってそうな部分を重点的に揉みだした。

「これ⁉　な、何をするのじゃ⁉」

目をパチクリとさせて驚くのじゃロリ。

「え⁉　なんだしいきなり！　どうしたし！」

「グルル？」

何も知らないジュノーとグリフィーも、のじゃロリと同じ反応をしていた。

これは、何かしでかして困った時用のおもてなし対応である。

過剰におもてなしすることで、相手の対応を軟化させるためのものだ……というのは冗談。

適当に言ってみたら、俺とポチとゴレオの心が通じ合ってこんな感じの対応になった。

ただ、それだけである！

重要なのは、盗人《ぬすっと》扱いされているこの状況をどうやって切り抜けるかってこと。

「ジュノー、お前も接待しろ、急げ！　どうなっても知らんぞ！」

「え？　ど、どどど、どうすれば……」

扱いというか、実質盗人なんだけどね。

とにかくポチの失態は連帯責任ということで、みんなで対応するんだ。

「仮にもダンジョンの先輩相手だろ？　とりあえず挨拶《あいさつ》しとけ！」

「えっ⁉　あ、挨拶？　わ、わかった！　挨拶だし！」

「そうそう！」

とにかく今は先手を打ってこっちから話題を逸らすことが先決である。

「えっと、えっと……こ、こにちあ！　新人ジョンジョンコアのジュノーでふす！」

こ、こいつ！　盛大に噛みやがった！

「……ト、トウジィ……」

涙目になりながら俺に助けを求めるジュノー。

ジョンジョンコアとか、どうやったらそんな噛み方ができるのか、逆にすごい。

とにかくジュノーはアドリブ弱いみたいなので、慰めておく。

「落ち着けジュノー。大丈夫だ、仕切り直そう。あいつには聞こえてないだろうしな」

あいつことのじゃロリに視線を送ると、ゴレオの肩揉み攻撃の真っ只中だった。

「——あだあああっ！　こ、これ！　痛いのじゃあ！　もっと優しくするのじゃあああ！」

ゴレオよ、気合を入れて肩揉みするのは良いけど……力加減を考えろ。

その形態になった時の方が、素の形態よりも力は何倍にも強いんだから……。

「ふぎゅぅ……」

椅子に座ってテーブルにチーンと項垂《うなだ》れるのじゃロリだった。

とにかく肩もよーくほぐれたところで、ポチが作ったお菓子をテーブルに並べていく。

突っ伏していたのじゃロリは、お菓子の匂いに気付いてパッと起き上がり鼻をくんくん。

「バ、バニラの匂いなのじゃ！」

「うちの料理長が作った最高級のバニラスイーツです。お召し上がりください」

「ふむむ、見事なスイーツじゃあ！　コボルトなのに器用じゃのう！」

「ォン！　フンス！」

ただのコボルトじゃないぞ、と胸を張るポチ。

そう、うちのポチはコボルトを遥かに凌駕したスーパーコボルト……をさらに凌駕した存在である、アルティメット・コボルティクスだ。

すごいぞ、強いぞ、格好良いぞ。

「つーか、勢いに圧《お》されとったが、やはりお主らがバニラ泥棒だったではないかあっ！」

「まあまあ、とりあえず食べてくださいよ」

むがーっと怒りだすのじゃロリの口の中に、問答無用でバニラアイスを突っ込む。

「あ、あ、あ、甘いのじゃああああああ！　ぬほぉー！」

すると、目をカッと見開いたのじゃロリは、頬を押さえて「ぬほほー！」と目を輝かせた。

どうやら、バニラを持っていたとしても、ただ匂いを嗅ぐだけでこうしてお菓子には使わなかったみたいである。

「この味を教えたいと、うちのポチが言うもんでして……」

「……アォン」

しれっと人のせいにするなよ、とポチの視線が突き刺さる。

何を言うか、勝手に盗ってきたお前の責任だろうに。

「バニラがまさかこんなに美味しくなるとはのう！　甘いのじゃ、甘いのじゃあ～！」

「先輩！　新米ダンジョンコアのジュノーです！」

「ジョンジョンジョンコアのジュノーよ、ちょっと待っとれ。今食っとるから」

「ジョンッ⁉　ト、トウジィ～～～～～～～!!」

聞こえていないと思っていたが、しっかり聞こえていたっぽい。

自分の失態をいじられたジュノーは、涙目になりながら俺のフードに潜り込んでくる。

メンタル弱いなー。

「たーくさんあるのじゃが、全部食って良いのかのう？」

「どうぞどうぞ」

黙って見ていると、もはやバニラ泥棒を探す気なんてなくなっているのがわかった。

目の前のスイーツにくびったけである。

とりあえずなんとかなった、と安堵するのだが、マジで話がまったく進まねえな、これ。

俺がのじゃロリの名前を知るのは、いったいいつになるのだろうか。

ダンジョンの奥深くとは到底思えない、そんな一幕である。

◇◇◇

「はぁー、まさか傲慢《ごうまん》のにもらったバニラが、こんな美味しいものに化けるとは……毎日寝る前にくんくんしていたわしがまるでバカみたいじゃな～！　げぇっぷ」

アイスを食べて、紅茶風味のミルクセーキを飲み、ゲップをしながらそう言うのじゃロリ。

ちなみに名前はラブちゃんとのこと。

断崖凍土の管理者代理を任される最終守護者だと自称しているのだが、ストーブの前で猫背になりながら頬を押さえてアイスを食べる姿を見ていると、とてもそうとは思えない。

「傲慢の？」

「南の地、タリアスに存在する大迷宮、天界神塔のダンジョンコアじゃよ」

キュアリングされたバニラの実は、そのダンジョンコアからもらったらしい。

「ねえ、本当にガーディアンだし？　ガーディアンには見えないし」

「わしは作り出されたガーディアンではなく、外からのじゃしなー」

「外から？　どういうことだし？」

「なんじゃ、ダンジョンコアともあろう者がそんなことも知らんのか？」

ミルクセーキをおかわりしながら、ラブは続ける。

「五十階層を超えるダンジョンを作り出したダンジョンコアは、他のものに代理権限を渡してガーディアンにすることができるんじゃよー」

へえ、そんなシステムがあるのか。

つまり、ジュノーのダンジョンも五十階層を超えたら、俺にも代理権限がもらえて色々とやりたい放題になるってわけね。

期待に胸が膨らむぞ。

「し、知ってたし！　あたし知ってたもんね！」

「嘘つけジュノー。お前はまだ五階層までしか作ったことないだろ」

「むぐっ」

「これを機に色々とダンジョンについて教えてもらえよ」

「むー！　ちょっと失敗したからって掘り返すなし！　あの立地だったら上手くいけば大迷宮の九個目として名を連ねてたルートだったんだし！」

「はいはい」

ポンコツの強がりはひとまず置いといてだな。

「話を先に進めます。ラブちゃんさんが俺たちをこの場に呼んだ理由を知りたいのですが」

聞きたかった一言をようやく言うことができた。

無駄に長い道のりだった。

「次の階層ならともかく、いきなり深部っぽいところだなんて、どういうことですか？」

「うむ……とりあえずそのラブちゃんさんという言い方はどうにかならんかのう……？」

「ええ、でも自分でラブちゃんだって……」

自己紹介でラブちゃんだと言ったから、一応ラブちゃんさんと呼んだんだけど。

「ラブじゃ、ラブ！　愛情の守護者ラブがわしの名じゃ！　敬語もいらんぞ！」

「わかったよ」

敬語をやめると、ラブは話を戻して本題に移る。

「お主が根こそぎアイテムボックスに入れたガーディアンの残骸を返してもらうためじゃ」

「え、断ります」

「返答が早いのじゃ！　少しは考えても良いとは思わんかのう！」

「いやいや」

これはそっちのダンジョンの仕様に則って俺が得た戦利品だ。

返せと言われても、困る。

「せっかく撃退用に無限増殖方式を編み出したのじゃが……まさか悪用されるとは……」

断じて悪用ではない、これは利用だ。

性格が悪いことは認めるけどな。

「俺以外の相手だったらかなり厄介《やっかい》だから、そのままでも問題ないぞ」

「ほんとじゃよ。あれだけの数のガーディアンを収納できるアイテムボックスとは、過去の勇者たちしかありえん話じゃ……ん？　ダンジョンコアを従えとるようじゃが、お主勇者か？」

「いいえ、その辺にいる一般人です」

即答しておいた。勇者と一緒になんかして欲しくないね！

「……全身に魔装備を身につけるとは、とんでもない一般人がいるもんじゃのう？」

「ハハハ」

このクラスのガーディアンになると、俺の装備が潜在能力付きだって気がつくのか。

なるほどなるほど。

「まあなんにせよ、断られてもリソースは返してもらわねばいかん」

「嫌です」

「実は、一刻を争う事態じゃから、返してもらわねば色々と困るのはそっちじゃぞ?」

悠長に三十分もかけて身支度していたガーディアンのくせに、矛盾してるぞ。

一刻を争うという言葉は、今日一日禁止にしろ。

「お願いじゃ〜、バニラ泥棒の件は勘弁してやるから、返すのじゃあ〜」

ただでスイーツ食わせてやったんだからチャラだろ、と言いたかったのだが、少し深刻そうな表情をしていたので、詳しく話を聞いてみることにする。

ドロップアイテムがある分、回収したガーディアンの残骸を返すこと自体は、ぶっちゃけなんの痛手もないからな。

「一刻を争う事態って何?」

「うむ、ちょっとダンジョン内で厄介な魔物の封印が解けようとしとってのう……わしはその対応に追われとるんじゃよ〜」

「厄介な魔物?」

なんとなく嫌な予感がした。

「他のダンジョンの守護者からちょっかいを出されとってのう?」

封印された魔物をなんとかするために、少しでもリソースが欲しいとのこと。

ダンジョン同士でも色々と混み合った事情があるらしい。

「で、厄介な魔物って?」

「まったくビシャスめ……何が目的でこっちにちょっかいを出してきたんじゃ……」

険しい顔をしながらぶつぶつと呟くラブ。

いや、だからその厄介な魔物とやらの名前を教えろよ。

なんで言わないんだよ。

聞きたくないけど、そこで話を逸らす意味がわからないんだけど。

「とりあえず、リソース返しますんでダンジョンから出してもらって良いですか？」

触らぬ神に祟りなし。

名前を教えてくれないのなら、聞く必要もない。

さっさとガーディアンの残骸を返却して、このダンジョンから出してもらおうとした矢先のことである。


ゴゴゴゴゴゴゴゴゴゴゴゴゴ――!!


強烈な地鳴りとともに、地面や柱が大きく揺れ動いた。

「な、なんだなんだ!?」

「悠長にアイスクリームとやらを食べとる場合じゃなかったようじゃな……」

くそっ、嫌な予感が的中してしまった。

さっさと引き返しておくべきだった。

「ラブっち！　この揺れはいったいどういうことだし⁉」

「封印されし厄介な魔物が目覚めてしまったのじゃよ……」

アイス食いながらシリアスな雰囲気を出してんじゃねえ！

まったく……。

しかし、封印されしという部分で少しだけ疑問を感じたので聞いてみる。

「別にダンジョン内だったらどうにでもなるだろ？」

ダンジョンと魔物の優位性は、基本的にダンジョン側にある。

魔物はダンジョンに棲《す》み着き、ダンジョン内に入ってきた獲物をいただく共存関係。

言うなれば、大家《おおや》と店子《たなこ》。

各階層への通路を封鎖して、餓死させることだってその気になればできるのである。

封印されしっていうワードが一人歩きして、なんとも恐ろしい雰囲気だが、よくよく考えてみればここは八大迷宮に名を連ねるほどのダンジョンだ。

たいていの魔物なんか恐れる必要はないと思える。

「それでどうにもならんからこそ、厄介な魔物なのじゃ」

「なるほど、ちなみにどんな魔物？」

「邪竜イビルテール。遥か昔、勇者たちとパパがダンジョン北部に封印した厄災の竜じゃ」

「竜……ドラゴン……」

ドラゴンといえば、ガイアドラゴンが作ったあの竜の爪痕だ。

えぐられた山脈には、未だに強い魔力が残り、ゴーレムが大量に湧いてしまうほどの影響力を持つのである。

うーん、紛れもなく、とんでもなく、やばい魔物だ。

「そんなもんの封印が解けたらどうなるんだ？」

「影響は計り知れん。まあ、軽くこのダンジョンの周辺国は滅亡するじゃろうな」

「……マジか」

つまり、この場をこいつに任せたとしても、失敗したらギリスがやばい。

ギリスどころか、異世界大ピンチである。

「どうやって対処するつもりだったんだ？」

「封印が完全に解け切るにはまだ時間があるからのう。今からでも戦力を整えて再び氷漬けにしてやれば大丈夫じゃろう。もし解けたとしても――みゅぅ!?」

「ど、どうした!?」

「……ふぐぅ、だ、大丈夫じゃ……気にするでない……」

セリフの途中でいきなりプルプルと体を震わせ始めたラブ。

いったいどうしたんだろうか。

まさか、封印が解けるのが思った以上に早くて、その影響を受けているのか。

「MP回復ポーションはいるか？」

「い、いらんのじゃ！」

「もう封印が解けてしまったからなのか？」

「ふ、封印が解けそうなのは事実じゃ……じゃが解けたとしてもまだ大丈夫じゃ、多少は弱体化されとるからのう……しかし、問題があるとするならば――ふぁっ⁉」

「お、おい……」

「ラブっち、本当に大丈夫だし……？」

「アォン……」

断続的な地鳴りが起こる中、顔を青ざめさせて膝をつくラブをみんなが心配する。

「ええい大丈夫じゃ！　と、とにかくそれよりももっとやばいことがあるのじゃ！」

冷や汗を流し、プルプルと生まれたての小鹿のようになりながら、ラブは叫ぶ。

「パパが眠りから覚めるのがもっとやばいんじゃよ！」

「そもそも、さっきから言ってるパパって誰だよ」

ラブの父親だってことはわかる。

そこから察するに、この断崖凍土を作り出したダンジョンコアなのではないか。

「パパはこの断崖凍土のダンジョンコア……憤怒のダンジョンコアじゃ！」

俺の問いかけに、ラブは目を血走らせながら早口で言葉を並べ立てる。

「パパが過去に憤怒を使って勇者と邪竜を封印した時、彼らに頼んで一緒に封印をかけてもらったんじゃよ！　力の使い過ぎで暴走状態じゃったから！　たぶん邪竜復活よりも、パパが邪竜の影響で復活した時の方が、くぅ……と、とにかく暴走状態のパパが今復活した方が止める手立てはないし、邪竜よりも被害は甚大《じんだい》になりかねん――ぴゅあぅっ⁉　――も、もう無理じゃ、我慢できん！」

「は、はあ……？」

「わしは返してもらったリソースを元に、兵を率いて再封印に行かねばならん……またの！」

それだけ言って、ラブはお腹を押さえてぴゅーっと走り去ってしまった。

なんだ、この置いてけぼり感。

こんな危ないところから外に出してもらおうと思ったのに、それもできずじまい。

「っていうか……あいつ、もしかしてお腹下してた……？」

「あたしもそう見えたし……ラブっち、大丈夫かな……？」

「アォン……」

満場一致で、ラブが腹を下しているってことが決定。

ジュノーを見てる限りだと、ダンジョンコアって食べたものは魔力として蓄積されて、腹を壊すはずがないのだが、代理権限だけ渡された業務委託ガーディアンはそうじゃないのかもしれない。

みんな、アイスの食べ過ぎには注意が必要だぞ。

「トウジ、あたし心配だし……」

ラブの走っていった方向を見ながら、ジュノーがそう溢した。

「俺もだ。相当やばい状況だったっぽいしな……腹が」

「そうじゃないし！　封印のことだし！」

「ああ、それか。うん、俺も心配だよ、心配」

トイレに行っている間に邪竜が復活してしまったらとんでもない騒ぎになる。

あわせてパパとやらも復活したら、さらにとんでもない状況だ。

「ねえトウジ、助けに行こうよ」

「マジか……相手はドラゴンだよなあ……？」

迷っていると、ポチが俺の足を小突く。

「オン」

行けってか。

確かにこのまま放っておくと、心にモヤモヤしたものをみんなで抱え込んでしまいそうだ。

「ドラゴン相手とか、そもそも俺らが太刀打ちできるかわからないぞ？」

「それでもラブっちはなんだか悪い子じゃなさそうだし、助けたいし！」

「そっか」

なんだかんだ、二人で一緒に楽しそうにアイスクリームを食べていた姿が頭を過《よぎ》る。

友達を助けたいって純粋な気持ちなら、俺も首を突っ込む決心がついた。

「いくか、みんな」

俺たちは揺れ動く断崖凍土の奥へ、氷の城の奥へと駆け出した。

# 第三章　激突、邪竜イビルテール

――ゴゴゴゴゴゴ！

「なんか、揺れが長く続くようになってきたし……？」

「そうだな。急がないと」

移動優先なので、ゴレオとコレクトをチェンジ。

道先案内をコレクトに任せ、全員でグリフィーに乗って高速飛翔中である。

確か、ダンジョン北部に氷漬けにして封印されてるって話だ。

ラブはガーディアンとともにそこへ向かうと言っていたから、おそらく俺らが通された道のように、直通する通路が敷かれているはず。

「クエーッ！」

コレクトが何かを発見したように、鳴き声を上げた。

「あっトウジ、なんか道があるし！」

「本当だ」

ダンジョン内の広く長い通路、無数にあるドアの中に一つだけ開かれたものがある。

長く伸びる一本道は北へと延びているようだった。

通路の奥には、城壁を守護していたガーディアンよりも、さらに大きく頑強そうなガーディアンが、隊列を作って歩く姿が見える。

「ビンゴだな」

明らかに戦力を集結させているので、ここじゃなかったら逆におかしいくらいだ。

俺たちはガーディアンの隊列を追い越して、先を急ぐ。

◇　◇　◇

一本道を抜けると、雪が降り積もる空間に出た。

上を見上げると裂け目があり、そこから外の雪が入り込んでいるようだった。

そんな超巨大なクレバスの中で、隊列を組んで静止する大量のガーディアン。

目の前には、クレバスに挟まるようにして氷漬けになった巨大な魔物がいた。

漆黒の肌、漆黒の鱗《うろこ》、黒一色の中で星のような輝きを放つ金色の瞳が六つ光る。

あれが、あの三つ首の竜が、邪竜イビルテールか。

「――グルルルゥウゥ……」

巨大な氷の中から、低い唸り声が響く。

「あれが、封印された邪竜だし？　で、でっかぁ……」

「そ、そうだな……」

俺はあまりの大きさに言葉を失っていた。

小賢ゴブリンが使役していたアンデッドドラゴンが、まさに幼竜としか思えないほど。

ワシタカくんよりも、さらに大きく感じる。

ドラゴンといえば、言わずもがな生態系の頂点に君臨する魔物だ。

目の前にして、正直、勝てるのかわからなくなった。

そもそも俺は、こいつとの戦いの土俵に上がって良いものなのだろうか、と疑問が過る。

お前はこの戦いにはついて来れない、邪魔だから近づくなよ……って誰か言ってくれないか。

二つ返事で撤退するぞ。

「あれ？　ラブっちどこだし？」

「え……？」

あたりを見渡してみると、確かにラブがいない。

「あいつ、マジか」

どうやらまだ腹痛は続いているようで、俺たちは追い越してしまったらしい。

ダンジョンの関係者は、どいつもこいつもマジで使えねえポンコツか。

――ピキピキピキピキッ

「お、おいおいおいおいおい！　待て待て待て待て！」

氷が割れる音がした。こ、これは良くない流れだ。

まだ主役が来てないってのに、封印が解かれてしまう流れはいただけないって。

頼みの綱のガーディアンたちも、隊列を組んだまま微動だにしない。

「――グルルルルゥッ！」

ピキピキピキピキ。

「――グルルルァァァアアアアアアアアアッ!!」

どうすりゃ良いんだと考えているうちに、邪竜を覆っている氷に亀裂が走る。

待て、邪竜踏ん張るな、待て。

今こっちの主役もトイレで必死に踏ん張ってる最中だから、ちょっと待ってくれ。

封印された恨みがあるのかもしれないけど、それはあの腹痛ロリにぶつけてくれ。

俺はたまたまここに来た部外者だから！

「ト、トウジ！　なんか氷が割れそうな雰囲気だし！」

「見たらわかるよ！」

邪竜は氷の内側から砕こうとしているようで、ゴゴゴゴと地響きが強くなっていく。

「くそっ！　どうすりゃいいんだこれ！」

対処方法がわからないので、とにかくグリフィーとコレクトを戻してゴレオとキングさんを召喚する。

「ゴレオ、そしてキングさん！」

「……！」

「プルァッ！」

キングさんなら、キングさんならきっとなんとかしてくれる。

「助けてキングさん！」

「プ、プルァックョン！」
キ、キングさんが、あのキングさんがくしゃみだと？
こんな時に限って、体調不良か？

「キングさん、この装備を身につけてください！　寒さ無効です！」

寒そうにプルプルと震えるキングさんに、寒さ無効のペンダントを渡す。

「……プルァ？」

受け取ったキングさんが、水弾で一筆。

主よ、どこに装備しろと？

激しく動いて落としたら、意味ないではないかックシュン。


水弾にもくしゃみが出てる！

「その、体の中にしまったりとか……？」

「プルァッ！」

「ひっ⁉」

怒られてしまった。

再び水弾で文字を書いてくれたので読む。


無理。


「ええ……」

どうやら不純物扱いとのこと。

そこをなんとかお願いします、無理、このやり取りを繰り返しているうちに、とうとう氷の一部が割れて、邪竜の三つ首の一つが露出してしまった。

「グルル……ビシャスめ、中途半端に戻しおって……」

露出した首の一つが、大きく吸った息を吐き出しながら呟く。

どこから声を発しているのだろうか、しゃがれた低い声だった。

そして、ギョロリと金色の瞳が俺を射抜く。

「うっ」

鋭い眼光に喉が鳴り、背筋をピリピリと張り詰めたような緊張感が伝わっていった。

そのプレッシャーは、小賢ゴブリンに睨まれた時よりも強烈。

隣を見ると、ポチもゴレオもキングさんも、ジッと黙って睨み返していた。

「こ、怖い……」

「とりあえずここにいろ」

威圧感で震えて動けずにいるジュノーをそっとフードの中に入れておく。

「ト、トウジィ……」

フードの中から、ジュノーが俺の後頭部に抱きついていた。

「中途半端に助けに行こうって……言わなきゃ良かったし……」

「何言ってんだ」

もう目の前に来ちゃったんだから、それを言ったら意味がない。

「こういうとばっちりには慣れてるからな、心配するな」

そう言ってやると、ジュノーは無言で俺の後ろ髪をギュッと握りしめていた。

さて、安心させるためにそうは言ってみたものの……正直逃げたい。

どうするんだよ、この状況。

死ぬ気で逃げればなんとかなるか、と考えたところでラブの無邪気な顔がチラついた。

これは無理だよなあ……。

「……臭うな……臭う……」

頭の中でこの状況の打開策を考えていると、邪竜が喋りだした。

「起きろ兄弟、臭うぞ、勇者だ、感じるぞ」

まだ凍らされている残り二つの頭に向かって語りかけている。

「昔の因縁に、今こそ決着をつける絶好の機会だ」

どういうことだ、俺を勇者だと勘違いしているのか？

「……一応言っておくが、俺は勇者じゃないぞ？」

「グルル、嘘をつくな……それだけの装備を身につけて、勇者ではないだと……？」

「本当だよ」

俺のこの曇りなき眼《まなこ》をよく見てごらんなさい。

「……グルルル。どちらにせよ、今この場にいるということは、憤怒のヒューリーと繋がりを持つ者だと言えるのは確かだ」

いや、繋がりとかないです。

どいつもこいつも人の話を聞かないんだから、まったく。

「わしらを再び封印しに来たというのなら、返り討ちにするだけだ……！」

ピキピキッ、パリンッ！

辟易していると、再び氷が割れて今度は真ん中の頭が露出した。

「ふう……ようやく新鮮な空気を吸うことができますね。忌々しい氷を割っていただきありがとうございます、我が弟」

真ん中の頭は、落ち着いた物腰のよく通る声色だった。

大きく息を吐くと、隣にある残りの頭に目を向ける。

「さて、まだ眠っている末っ子を起こしましょう」

その瞬間、真ん中の睨みつけた空間が、グググググッと歪んだ。

熱した鉄を押し付けたように、氷がじわじわと溶け始める。

直感だが、三つ目の首を自由にしてしまうとマズい気がした。

「ポチ！　ゴレオ！　キングさん！」

だいたいのゲームでは、こうして分かれているものが揃うと、とんでもないことが起こる。

「オン！」

「……！」

「プルァッ！」

三つの頭が揃ってしまう前に、攻撃を仕掛けた。

下手に攻撃を仕掛けて、封印が解けてしまったらどうしようと思って動向を窺っていたのだが、最初からこうして一気に最大火力を使うべきだった。

「全力で一気に叩くぞ！　クイック！」

判断の遅さは、クイックで動きを高速化してカバーする。

ポチはクロスボウを露出した頭に向けて連射、ゴレオはメイドゴレオの姿になって、キングさんとともに大跳躍して近接攻撃を仕掛けた。

俺は、インベントリから各種秘薬を取り出して自分のステータス強化とともに、前線で戦うゴレオやキングさんの補助を行う。

火力補助として、高級巨人の秘薬。

キングさんの体調を考慮して、霧散の秘薬。

そしてこういう時のために用意した、高級ボスダメージの秘薬だ。

「プルァァァアアアアアアアアアアア!!」

キングさんの雄叫び、ゴレオの大槌を振るう音。

全員で一気に叩いた、その時だった——

「——グルァァァァアアアアアアアアアア!!」

強烈な邪竜の咆哮とともに、見えない衝撃によって俺たち全員。

いや、隊列を組むガーディアン諸共。

まるで、拒絶されるかのように、抵抗することもできずに吹き飛ばされた。

「うおおおおおおお!?」

咄嗟《とっさ》にポチ、ゴレオ、キングさんを全て図鑑に戻し、ジュノーを抱え込む。

ゴロゴロと転がりながら、なんとか体勢を立て直した。

「ぐ、危ねぇ……」

あと少しでも遅れていたら、クレバスの深い谷底に真っ逆さまだった……。

邪竜に目を向けると、周りに積もっていた雪の一切合切が吹き飛ばされ、岩肌が剥き出しになっていた。

邪竜の体を覆っていた分厚い氷も消え失せて、ギシギシと準備体操のように鈍った体を動かし始めている。

「グルルッ、やはりわしらの体を挟むこの凍土が邪魔ぞ」

「グルァッグギャァッ!」

「落ち着くのです末の弟。もうそろそろ私も力を発揮できますから」

三つの首の会話を聞くに、丁寧な言葉使いをする真ん中が長男。

粗暴な口調である左の頭が次男。

右の頭が末っ子で、言葉を話すことができないようだった。

「そこの貴様も、咄嗟に従魔を戻すとは良き判断ですね」

「兄者、奴は勇者と関わりを持つ者だとわしは見ているぞ、今こそ恨みを晴らす時だ！」

「グルァッ！　グギャアッ！」

品定めをするかのように、俺を射抜く金色の視線。

「グルル、可愛い末の弟も、奴を殺したいと叫んでおるぞ」

「おや、でも違うと話していらっしゃいませんでしたか？」

長男首の方はなんだか話が通じそうだったので答えておく。

「マジで違うよ。俺は勇者じゃない。だから恨みなんか晴れないよ」

これでヘイトが向かなくなってくれれば良いのだけど。

そんな俺の考えを余所に、長男首は丁寧な口調で冷たく言い放った。

「関係ないなら、手短に殺して勇者を探しに行きますか」

だ、ダメだ。冷静に話が通じないタイプである。

「兄者、こいつを手始めに殺すのは賛成だが、その後はどうやって勇者を探す？」

「そうですね……ギリスかノルト中で暴れていれば、相応の者が駆けつけるでしょう」

「グルルッ、さすがは兄者。やはり知恵者だ！」

「グギャァッ！」

「末の弟も賛成のようですし、そろそろ向かうことにしますか。ここは寒過ぎます」

長男首がそんな言葉で締めた瞬間、ズゥンと大きな衝撃が押し寄せた。

「ぐっ――」

体が軋むほど重たくなり、立っていられなくなる。

「ジュノー、大丈夫か……？」

「ト、トウジは平気だし!?」

「……ギリギリ？」

膝をついてしまっちゃいるが、押し潰されるほどでもなかった。

秘薬でステータスを盛ってなかったら、どうなっていたことか。

しかし、足場が音を立てて崩れ始めている。

動けないままだと、崩壊に巻き込まれて生き埋めになりかねない。

「ほう、これで死なないとは、なかなかの耐久性ですね」

「兄者、感心してないでさっさと殺せ！　わしが尾を操るから権限を寄越せ！」

「まったく、血気盛んなんですから……まあ、ガス抜きにはちょうど良い」

必死に踏ん張って動けないでいるところに、巨大な尻尾が飛んできた。

「おごっ⁉」

「きゃあっ⁉」

ジュノーを抱えたまま、俺は尻尾に弾き飛ばされてしまう。

HPを確認すると、根性の指輪のおかげで1だけ残っている状況だ。

「これは、すぐに秘薬を使わないと……ごほっ……」

だが、サンダーソールの雷撃よりも強烈な攻撃。

肋骨が折れたのか、口から血が溢れる。

「トウジ！　トウジ、トウジ！　血が！」

「大丈夫だから、俺の右ポケットにある秘薬を手に持たせて欲しい」

「わかったし！」

ジュノーの頑張りによって、回復の秘薬を無事に〝使用〟できて復活。

無造作な尻尾の一撃で、あの威力か……。

マズい、本格的にどうやって立ち回れば良いかわからなくなってきた。

クレバスの中じゃ、ワシタカくんを頼ることもできない。

そもそもワシタカくんでイビルテールに勝つことができるのかも、怪しい。

もう一度、キングさんに望みを託すか？

巨人の秘薬を使えば、キングさんならこの状況を打開できるかもしれない。

……ダメだ、寒さの影響がある。

キングさんが本調子ではない今、迂闊《うかつ》に出すことはできないし、俺がイビルテール相手に大技の時間を稼げるかわからないのだ。

サンダーソールと戦った時に、キングさんから、今後のために戦いの経験を積んでおけ、と言われたのを思い出す。きっと、こういう状況を指していたのだ。

「グルル、わしの尻尾の一撃を耐えるとは……クソ生意気な小僧め……」

「うっ……」

睨まれた、今度こそやばい。

「もう良いでしょう。放っておきましょう。一人で何ができるというのですか？」

「グルァッ！　グギャァッ！」

「末の弟も窮屈そうにしていますし、さっさとこの忌々しい凍土から出ることを優先しましょう。しぶとくとも、この極寒の大地でいずれ死にますしね」

「グルゥ、兄者がそう言うのならば良かろう。国を滅ぼし憂《う》さ晴らしといく」

「では」

再び、ズンッと重たい衝撃があたりに迸《ほとばし》る。

体が重くなったり、軽くなったり、それを何度も繰り返すとクレバスが軋み始めた。

これ、重力か？

もしかしてあの邪竜は、重力を操れる存在なのだろうか。

それなら、体が重たくなって動けなくなった状況も説明できる。

「くそっ、うわっ⁉」

重力攻撃に翻弄《ほんろう》されて何もできないでいると、ついにクレバスが崩壊した。

ドドドドと上に積もっていた雪と一緒に岩が雪崩《なだ》れ込んでくる。

「では、行きましょう。弟たちよ」

イビルテールは、十分に広がったクレバスの岩肌に爪を立て登り始めた。

「――む？」

だが、その途中で凍土に動きがあった。

岩肌が急速に凍りつき、突き出た鋭利な氷の柱が矢継ぎ早に邪竜へと襲いかかる。

まるで、崖が邪竜を逃さないために動いているようだった。

「すまんー、遅れたのじゃー」

「ラブ！」

俺の側に扉が一つ出現し、そこからラブが姿を見せる。

ほんと遅いよ、いつまで踏ん張ってたんだ。

「取り急ぎ、足元に注意するのじゃ！」

「へ？」

そんな言葉とともに、俺たちが立っていた崖棚が忽然と消え失せる。

「うおおおおっ！　グリフィー！」

急いでグリフィーを召喚して背中に掴まる。

眼下には、ポッカリ空いた底の見えない奈落が広がっていた。

「グルル、またしてもわしらの邪魔をするか、断崖凍土ォォオオ！」

「グルァッ！　グギャァッ！」

「落ち着け弟たちよ！　先に上を目指すことが先決です──ぐっ⁉」

怒りを露わにする左右の首を長男首が制した隙を突いて──

「落ちろ、貴様らに娑婆《しゃば》は似合わんのじゃ」

──邪竜の上から巨大な氷塊が降ってきた。

「グルァアアアアアアアアアアアアア！」

氷塊をまともに受けた邪竜は、強烈な叫び声を上げて奈落の底へと落ちていく。

そんな姿を見届けて、光が差し込んでいたクレバスの入り口は氷によって閉じられた。

「……これで終わりってわけじゃないよな？」

「当たり前じゃ。これはあくまで外に出さんための措置じゃからな」

聞くに、奈落の底は海水を溜めてあり地底湖となっているらしい。

「なんかすげぇな……」

戦いの規模が地形を変動させてしまうレベルである。

これが竜とダンジョンコアの戦いか。

キングさんで多少慣れているとはいえども、規模がまた一つ違った。

まったく、とんでもないことに巻き込まれてしまったもんである。

「して、お主はなんでこんなところにおったんじゃ？」

ジュノーのようにデフォルトで空中に浮かぶラブが尋ねた。

「それなりに強いと自負しとるようじゃが、相手は邪竜じゃぞ？　なぜ逃げん？」

「そ、それは……」

ジュノーが何か言おうとしていたのだが、口籠もる。

生半可に助けに行こうとしたことを少し後悔していたし、仕方がない。

代わりに俺が答えてやるか。

「腹壊してつらそうだったから助けに来たんだよ」

「なっ！　壊しとらんわー！　レディはトイレに行かんのじゃ！」

アイドルはうんこしないみたいな言い草だな……。

人間なんだから、アイドルだってするぞ。

「まあラブのトイレ談議はさておいて」

「しとらんっつーに！」

「こっからどうするんだ？」

「まったく……話が先に進まんではないか……」

咳払いをしつつ、ラブは続ける。

「奈落の海は、何人たりとも通さぬよう外界から完全に隔てた場所にあるんじゃよ」

「ふむふむ」

「そこならいくら暴れても喧騒でパパが目覚めることはないから一安心なのじゃー」

「なるほど、よく考えたもんだ」

イビルテールをどうするかっていう話なんだけど……一応褒めておく。

「そうじゃろうそうじゃろう？　断じてトイレに籠もって遅れたわけじゃないのじゃぞ？」

「……」

「なんじゃその目はー！　ほんとじゃぞ？　ほんとじゃぞて？」

弁明されなくても、もうそこに対して触れるつもりはなかった。

だが、自ら墓穴を掘りにいくとは、ポンコツか。

「あのさ、とりあえずお腹ごろごろの話は良いわ。マジで邪竜どうすんのって？」

「お腹平気じゃし！　ちょっと本調子じゃないけど、別に平気じゃし！」

「いや、一旦そこから離れようってば……」

「ここで話が終わってしまったら、わしの印象がなんか変な感じになるじゃろー!?」

「ならないよ、大丈夫だよ、大丈夫」

最初からまともだとは思ってなかったからね。

言わないけど。

「まあ、イビルテールについては、下でガーディアンの軍勢を待機させておる」

「ほお」

「少しリソースが足らぬかもしれぬが、お主が時間を稼いどるうちに準備をしとったんじゃ」

なるほど、単純にトイレに駆け込んでいたってわけじゃなかったんだな。

「で、倒せるのか？」

「再封印かの？　奴の力を見た感じじゃと、本調子ではないからいけんこともないかの」

そう言いつつ、ラブは「じゃがの」と一度言葉を置いた。

「さっき地形を変えるのに魔力やリソースを使ってしもうて、ギリギリ一杯なんじゃー」

崖棚が消えたり、クレバスが閉じたり、ダンジョン内の地形を大きく変えることを階層変更というらしい。

邪竜に襲いかかっていた氷の柱は、その応用とのこと。

すごいな、ダンジョン。

普通の人間がくらったらひとたまりもないぞ、地形が攻めてくるんだから。

それに耐える邪竜もとんでもない。

「つまり、リソースがあったら良いのか？」

「ん？　まあそうじゃがの、ないものを求めても仕方あるまいて」

「あるぞ」

「へ？」

「とりあえず空中じゃ出せないから、適当に床か何かを作ってもらえない？」

「う、うむ」

ラブに氷の床を作ってもらい、そこにインベントにある希少鉱石をたんまりぶちまけた。

「ぬうううう!?　こ、これはいったいどういうことじゃ!?」

大量の鉱石を見て、あんぐりと口を開けるラブ。

「明らかに異常な規模の量を保管できるアイテムボックスを持っておるなと思っておったが、本当にお主は何者なのじゃ？」

「まあまあ、それは置いといて……これで足りるかな？」

オリハルコンやアダマンタイトなどの希少鉱石は、無限採掘によって圧倒的な量を誇る。

備えあれば憂いなし、製作と一緒で採掘も可能な限り毎日やってて良かった。

「あと、鉱石の他にMPが回復するポーションも大量にあるぞ」

ついでとばかりに、ポーション類も大量に取り出していく。

「ほう、ちなみにどれくらいの量で、どれくらい回復するんじゃ？」

「えっと……ここにあるものの回復量はMP5000以上で、千個単位である」

「え？　なんて？　千？」

「あんまりにも出来の良いやつだと、逆に売価がつかなくて売れづらくってさあ……」

満遍なく作るから、アルバート商会に卸さない分だけ溜まり続けていた。

俺はクイックくらいでしかMPを消費しないからね……。

「あと、別で分けてるポーションは5000とかじゃなくて、50％回復ね？」

「霊薬やら神薬の類《たぐい》をここまで持っとるとは……」

この世界の霊薬とか神薬は、俺の秘薬と同じように％回復するものなのか。

そう考えると、秘薬を作れるってかなりチート能力だなあと実感した。

「とにかくこれで足りるか？　足りなかったらもっとあるぞ？　あるぞ？」

「も、もう良い！　十分じゃ！　十分過ぎて胃もたれするレベルじゃっ！」

俺の渡した鉱石やポーションを受け取り、自分のストレージに収納したラブは、さっそく秘薬をガブ飲みしつつガーディアンを作り出して戦場へと送り込むそうだ。

俺が渡したオリハルコンやアダマンタイトを使った最強クラスのガーディアンが、邪竜との戦闘に立ち並ぶとのこと。

……それって、ガーディアンのドロップアイテムが期待できるのでは？

手助けになればいいなと思っていたのだが、もしかすれば副産物として大量のドロップアイテムを確保できるのかもしれない。

　これは利しか感じないので、幸運の秘薬を飲んでおこうっと。

「して、わしはこのまま邪竜と戦うが、お主らはどうするんじゃ？」

「ん？」

「ここまでしてもらって言うのもあれじゃが、さすがに守り切れる自信はないぞ」

「ああ、最後まで手伝うよ」

　ドロップアイテムが期待できる以上、参戦しないで逃げるわけにもいかなくなった。

　ある意味それは建前で、本音はジュノーの思いを汲み取ってラブを助けてあげたいのである。

「なら、自分の身は自分で守ることじゃ」

「うん」

　それくらいなら、できないこともない。

　さらに、下が海だというのなら……俺にも秘策があるんだ。

　キングさんとワシタカくんを状況的に出せなくても、な。

◇　◇　◇

　下へ向かうと、大量のガーディアンと邪竜が戦っている最中だった。

ガーディアンは、足元を一時的に凍らせて海面を自由に行動ができるが、対する邪竜は沈まないように泳ぎながら戦わなければならないようで、とてもやりづらそうにしている。

「グルァアアアアアアアアアアア！」

人語を話せない末っ子首が、咆哮を上げて近寄ってきたガーディアンを吹き飛ばした。

「グルゥアッ！　たかがガーディアンのくせして、鬱陶しいぞ！」

次に、次男が体勢を崩したガーディアンたちを何らかの力によって引き寄せ、太い尾を横なぎに振るい蹴散らしていく。

ラブから聞いたのだが、長男首が重力を操り、左右の首が引力と斥力《せきりょく》を使うそうだ。

重力操作とか、かなりの強チート能力じゃん。

異能バトル漫画だったら、高確率でラスボスが持ってる能力だぞ。

そんなとんでもチート能力を封じ込めた過去の勇者やラブのパパ。

昔はとんでもない化け物クラスの奴らがひしめいていた時代だったってのか？

戦乱の時代でもあったらしいし、そういう時代には傑物が得てして生まれ出るのかね。

「兄者！　凍てつく海での戦いはつらくて敵わん！　翼の主導権を寄越せ！」

「飛べば叩き落とされますよ、ダメです」

邪竜がそのまま海の中に居座っている理由はそこだ。

迂闊に飛べば、氷塊が上から降ってきて叩き落とされることになる。

それを懸念して、長男首は未だ海中に身を置いていた。

ダンジョンのリソースが切れるまでの耐久勝負でもしているのか。

それとも、起死回生の一手を狙っているのか。

重力・反重力、斥力、引力。

これら全てを解放した攻撃を持っているとするならば、それもありえなくはない。

「オリハルコンとか、アダマンタイト製のガーディアンでも攻め切れないなんて……」

戦いの様子を見ながら、ゴクリと息を呑むジュノー。

「大丈夫だし……？」

「大丈夫だろ」

勇者とラブのパパが封印した時は、まさに邪竜の最盛期だったそうだ。

通るだけで、地形や生態系が大きく様変わりしてしまうほど。

しかし、長い封印の中で弱体化し、今はまだ同時に一つの能力までしか扱えない。

禍根を断つには今しかない、死力を尽くすとラブも言っていた。

「だから安心しろって。誰も死なないし、勝つのは俺たちだから」

俺は秘策を胸に、時が来るまでひたすら目の前の戦いを見つめていた。

「グルルッ！　オリハルコン、アダマンタイトをアマルガムで補強したガーディアン……グルルルルッ！　上で待機させていたガーディアンは囮《おとり》だったか、小癪《こしゃく》な！」

「そのようですね。だがしかし、これだけのガーディアンを生成してしまえば、ダンジョンのリソースもかなり尽きかけていることでしょう」

「そうじゃな兄者、リソースがなければダンジョン如きが竜種に勝てるはずもないわ！」

司令塔である長男首のそんな言葉。

起死回生の一手ではなく、耐久戦が邪竜の作戦のようだった。

ミスリードだな。

オリハルコン、アダマンタイト、アマルガムの複合ガーディアンは、確かに素材や魔力を大量に使用するが、ラブが事前に準備していた量よりも俺の渡した量の方が多い。

つまり、さらなる増援がこの戦場へ続々と送り込まれているのだ。

「弱体化した邪竜なんぞに負けてたまるかなのじゃ！　根比べか？　面白い、受けて立つぞ！　わしのリソースが尽きるか、貴様らが極寒の海に沈むかの勝負じゃのう！」

つーか、キャラが被っとるからしゃがれ声のやつは潰す、と戦場を駆けるガーディアンに交ざって、ラブも氷でできた鋭い剣を携えて前線へと繰り出していた。

できればリソースが残り少ないような印象を持たせておくとグッドなのだが、ポンコツにそこまで期待しても仕方がない。

戦乱の中、俺はグリフィーに乗って目下の戦いを観察しながら、邪竜のウィークポイントを探していく。

チート能力の隙を突くことは難しそうだが、精神的な部分で混乱を引き起こすことは簡単にできそうな気がしていた。

「シュール」

図鑑からシュールを呼び出して、待機させる。

「トウジ、クサイヤをどう使うし……？」

「邪竜に寄生させるよ」

「え……そんなことできるし……？」

「やってみないとわからんが、シュールの特殊能力は相手の防御とか耐性関係ないからね」

クサイヤを寄生させ、どでかいドラゴンを覆い尽くしてもらおうなんて考えていない。

【サモンカード：クサイヤ】名前：シュール
等級：ユニーク
特殊能力：10％の確率で、攻撃対象を三秒間不快にさせる

寄生し続けることが攻撃判定になるならば、くっつけばほとんど１００％の確率で相手が不快な思いをしてしまうえげつない能力。

冷静沈着な長男首によってバランスが取れている邪竜イビルテールだ。

その辺を乱してやることが、相手が一番嫌がる攻撃なんじゃないかと考えた。

「あ、相変わらずセコいし……」

「セコくてけっこー、こけこっこー」

「なんだしそれ⁉」

邪竜相手に正面からまともにやり合うなんて、無理なんだよ。

今回は相手が弱体化。

さらには死も厭《いと》わず突撃するガーディアン部隊、砕けてもその残骸から再生成できるダンジョンコアの代理権限持ち。

正面切って相手取った最初の状況と比べて、かなり心強い仲間がいる。

だからこそ、セコいサポートに回るのだ。

「グループ機能にも入れてあるから、相手の残りＨＰも確認できるし良い感じだ」

尻尾でぶっ飛ばされた時に、相手のレベルを見るべく試しに突っ込んでみた。

対象は人間だけかと思ったが、もれなく邪竜も俺のグループメンバー入りである。

それでまともに攻撃を受けて死にかけたけど、俺の目論見は大成功だ。

え、なんでかって？　どんな目論見かって？

それは、邪竜が蹴散らしたガーディアンからの経験値がめちゃくちゃ入ってきているからだ。

経験値をいただいた後は、邪竜をグループメンバーから外して、邪竜を倒した経験値もいただこうという算段である。

ふははは、セコくて結構だよ、マジで。

邪竜と戦う羽目になったとばっちりに比べたら、このくらいちっちゃいもんだろ！

許せ、カルマの神よ。

「グルルル……なぜだ、殺しても殺しても思うように体力が回復せんぞ……」

「ふむ、もしかしたら経験値喰いの能力も、封印の影響で半減しているのかもしれませんね」

「本当か兄者！」

「ええ、まったくもって忌々しい封印です。もっとも餌はたくさんありますから良いでしょう」

おろ？

なんだかグループ機能が思わぬ効果を生んでいるな。

経験値喰いの能力って、邪竜は敵を殺せば殺すだけ回復できるってことかな？

それで、回復が俺を含めたグループメンバー全員に行き渡っていて、その能力が思うように機能していないって感じっぽいね……ラッキー！

そういえば、グループ機能で今の邪竜のＨＰが見えているわけなんだけど。

封印されていた影響か、ＨＰが最初から三分の一になっていた。

邪竜はそんなことおくびにも出さないが、俺にはわかる。

これは、頑張って押し切れば勝てる可能性が大きくなってきたぞ。

「グギャアグギャアアアア！　グルルアアアアア！」

「どうした末の弟！　うるさいぞ！　わしも良い加減イライラしとるのに！　黙れ！」

「グギャアアアアアアアアア！」

「やめなさい二人とも！　く……確かに末の弟の言う通り、なんですかこの不快感は……」

お、こっそり送り込んだシュールの特殊能力が効いてるようだった。

「弟たちよ、今は戦いに集中しなさい。ここを耐え切ればダンジョンの外です」

そうすれば、いくらでも好きなだけ暴れ回ることができますから、と長男は言うが。

「グギャアアアアア！　グルァアアアアア！」

末っ子の方が耐え切れず、癇癪を起こして能力を連発し始めた。

斥力を先発することによって、他二人の能力が使えなくなっていた。

良いぞ良いぞ、無駄撃ちして消耗しろ。

「なんじゃ仲間割れか？　頭が三つあるのも難儀なもんじゃのう？」

「グルァッ、黙れ小娘が！　わしの手で八つ裂きにしてやろうか！」

「やめなさい！　今は耐えて力の回復に当てるべきです！　こらっ！」

「グギャア！」

ラブの「のじゃ」口調が、ナチュラルに相手を煽る形になって、弟二人はさらに激昂《げきこう》。

長男首は左右の二人を制すことに手を焼いて、動きが少し鈍くなっていた。

「よし、そろそろか……」

「トウジ、いったい何をするつもりだし？」

「この戦いに介入するぞ」

「えっ？　だ、大丈夫だし？」

ジュノーの心配する気持ちもわかるが、最初に比べれば随分とマシな状況だ。

「邪竜の動きも乱れているし、この隙を突いて俺の秘密兵器を投入する！」

「ひ、秘密兵器!?」

下が海ならば、俺の伝説級サモンモンスターが活躍できるのだ。

海賊と戦った時ひっそり手に入れて、今までその存在を忘れられていた海地獄のワルプ。

この間、激闘を繰り広げて手に入れたサンダーソールのビリビリビリー。

今がその時！　一度シュールを戻して召喚する！

「かもーん！　ワルプ、ビリー！」

俺の呼び声に応えるように、二つの巨大な魔法陣が空間に生成された。

ワシタカくんの召喚時と同様、巨大な魔法陣だった。


「――ォォォォォオオオオオオオオオオオオオオオオオオオオオ!!」

「――ォォォォオオオオオオオオオオオオオオオオオオオオ‼」


まずはヌボォッと黒くてトゥルトゥルした四肢を持つ巨大な鯰《なまず》に似た魔物、海地獄。

次に、隣の魔法陣から龍によく似たフォルム、巨大な電気うなぎのサンダーソール。

ワシタカくんにも引けを取らない巨体を持つ両者が、邪竜の正面へと激しい水柱を上げながら降り立った。

どうでも良いことだけど、ダブルで鳴き声「オオオオ」なんだな。

いや本当にどうでも良いことだけど。

「グルルルッ！　なぜこんなところに海地獄とサンダーソールがいるのだ！」

「おそらくあの男の仕業でしょう」

伝説コンビを睨む次男と、俺を睨む長男首。

「まさかこれほどの魔物も使役していたとは、本当に勇者じゃないというのですか？」

「グルルッ！　いずれにせよわしら竜種には劣る存在、下等種であるのは確かだ、兄者」

「グルアッ！」

「グルハハァッ、末の弟もこいつらを食って力に変えたいと昂《たかぶ》っているぞ！」

「そうですね。ガーディアンよりも美味しそうではありませんか。ようやく二人も落ち着きを取り戻したことですし、改めて格の違いを見せてあげましょう」

シュールの影響が消え持ち直した邪竜は、ガーディアンたちを無視してワルプとビリーの元へと猛烈な勢いで泳いでいく。

「ォォォォォオオオオオ！」

迫り来る邪竜を前にして、ワルプは臆することなく迎撃態勢に入った。

今まで邪竜の巨体の動きによって生まれた波しかなかった奈落の海に、ワルプを起点とした大きな渦潮《うずしお》が発生する。

「――ッッ!?」

その瞬間、邪竜の動きがガクンと止まった。

「な、何が、たかが渦潮でこの私がッ」

ありえない状況に長男首が目を見開いて驚く中、俺はニヤリと笑っていた。

これがワルプの特殊能力なのである。

【サモンカード：海地獄】名前：ワルプ
等級：レジェンド
特殊能力：襲撃時30％の確率でスタン効果を発生
特殊能力：襲撃時30％の確率で暗黒効果を発生

見てくれたまえ、シュールの強制不快感よりも数倍凶悪な特殊能力だ。

相手の動きを強制的に停止させるスタンと暗闇に包んで視界を奪う暗黒。

さらに襲撃時ということは、戦いが継続しワルプが標的を攻撃し続ける限り、この効果が発動し続けることになる。

ワルプの攻撃といえば、渦潮だ。

この渦潮に呑まれ続ける限り、ずっとスタンと暗黒を食らい続けるのである。

まさに海地獄。

「な、なんじゃ？　何がどうなっとるんじゃー⁉」

急に動かなくなった邪竜の様子を見ながら、ラブが俺にそう叫ぶ。

「うちのワルプ……海地獄の能力だよ！　この渦潮に巻き込まれている間は、スタンと暗黒の異常状態が続くから！」

「本当にただの海地獄かのう⁉　そんな海地獄、この世のどこを探してもおらんのじゃ！」

まあ、サモンモンスターだしな。

この世の魔物の枠組みとは、大きく違った存在なのである。

コボルトのポチが良い例だ。

「オオオオオオオオオオ！」

続いてビリーが動けないでいる邪竜に攻撃を仕掛ける。

バチバチバチと雷を纏わせた体当たりと、無数の雷撃を撃ちつけていた。

「――!?」

もはや強制スタンによって喋ることすらできないサンドバッグ状態である。

そこへ、ボスダメージ合計１００％上乗せの特殊能力を持つビリーの攻撃。

圧倒的なＶＩＴを誇り、ガーディアンの攻撃でもまったく減りもしなかった邪竜のＨＰが、ここへ来て少しずつ減り始めていた。

「ラブ！　今がチャンスだ！　全軍で総攻撃を仕掛けてくれ！」

「う、うむ！　わかったのじゃ……が、のう？」

「ん？」

「雷撃がすご過ぎて、近寄れんぞー？」

猛烈な勢いで攻撃を続けるビリーを指差しながら、ラブは続ける。

「硬直した邪竜が沈んだら攻撃できんからの、一応下から足場を生成していつでも攻撃できるように構えとるんじゃが……」

バリバリバリバリ！　ドーンドンドンドンドン！

「近寄れんて……」

「確かに……」

余波がやばくて、属性攻撃に大きな耐性を持つオリハルコンが含まれたガーディアンしか戦場には残ってなかった。

あとはドロップアイテムになって海の底に沈んでしまっている。

「ビリー！　少し雷撃緩めて、でかいの一発だけにしてくれー！」

「オオオオオオォォォォォォォォ……」

コクコクと頷いたビリーは、纏っていた雷撃を収め、自分の頭上に雷の球体を作り始めた。

例の必殺技だな。

「よし、これで攻撃できるだろ？」

「う、うむ……じゃが、あれを放つ時はみんな避難してからやるんじゃぞ？」

「合図出すよ！」

「約束じゃぞ！　よーし、誇り高き凍土のガーディアンたちよ、全軍突撃じゃー！」

号令に合わせて雪崩れ込んでいく大量のガーディアン。

俺もグリフィーから降りて、ガーディアンが通った氷の足場を使って攻撃に参加する。

なんでグリフィーから降りるのかって？

そうすることによって召喚枠を一つ空けることができるからだ。

空いた枠で召喚するのはもちろん……キングさん！

「プルァァァアアアアアアアアアアアアア！」

キングさんを召喚した瞬間、海水とか周りの氷がめちゃくちゃ減った。

そしてキングさんが初っ端から巨大だった。

どうやら海水の中や雷撃の余波によって蒸発した水分を体に取り込んだらしい。

試しに海水を舐めてみたら、めちゃくちゃ塩分濃度高くてしょっぱかった。

「でかいのじゃ～!?　なんじゃそのスライムキングは～!?」

ビリーやワルプに負けず劣らずの大きさになったキングさんを見て、驚くラブ。

さっきから驚いてばっかりだが、キングさんのすごさはこれからだぞ。

「キングさんこれを！」

大きくなったキングさんに、高級巨人の秘薬と高級ボスダメージの秘薬を渡す。

ボスダメ秘薬の効果は、三十分間ボスダメージ＋50％。

ビリーの特殊能力も合わせれば、ボスに対するダメージが１５０％の上乗せだ。

「プルァ！」

ズズゥン！

さっそく秘薬を二つとも飲んだキングさんは、事前に巨大化していた分も合わさって、邪竜を遥かに超える大きさで海面に着地した。

「ぬわ～～～～～!?」

「おわあああああ!?」

塩分濃度の高い高波が俺たちに襲いかかる。

えっと、巨人の秘薬は五倍の大きさになるから、事前に二十メートルクラスの大きさになっていたということは、今のキングさんは百メートルを優に……。

ダメだ、まともに計算したところで細かい数値はわからない。

「キングさん周りを巻き込んでるから！　ヤバイって、やり過ぎだよ！」

水嵩が減ったと思ったら巨大化による影響で逆に増えてるんだよな、わけわからん。

俺はてっきり小さくなってから秘薬を使うと思ったんだけど。

「プルァ」

「キングっち、邪竜を圧倒してやりたかったんだってさ」

ジュノーが言うには、単純に邪竜の大きさに勝ちたかったらしい。

周りが巨大な魔物ばかりなので「我の力を見せつけてやりたかった」とのこと。

最初に邪竜にしてやられ、図鑑に強制ハウスさせられたことを根に持っていた。

「えぇー……」

見せつけるって言われましても、もうキングさんしか見えないよ。

「つーか、邪竜には暗黒効果がかかりっぱなしだから見えてないんですけど」

「プルァ……？　プルァッ！」

「オオオ⁉」

キングさんが何かを言った瞬間、ワルプが渦潮を止めた。

まさかとは言わんが、キングさん一喝してやめさせたのか？

「ちょっと！　キングさんなんてことを！」

「プルァ」

「見とけって言ってるし」

「そんなこと言われても！」

相手は邪竜なんだぞ。スタンと暗黒で動きを封じないと、倒せない相手だ。

しかし、我の強いキングさんがもう止まるはずもない、好きにしてくれ。

辟易しながらキングさんの背中を見ていると、拘束を解かれた邪竜の叫びが聞こえた。

「グルァァァ！　ようやく解放された！　小癪な奴らめ、八つ裂きにしてやるぞ！」

「グギャアッグルァッ！」

「弟たちよ、少々本調子ではないですが、全ての能力を解放しま――」

不意に、長男首の言葉がそこで止まる。

目の前にいる巨大なキングさんの姿に、言葉を失ってしまったようである。

「その姿……お前は、太初《たいしょ》の――」

「プルァッ！」

邪竜が何かを言いかけたところで、キングさんが唐突に小さくなった。

「わあっ⁉」

おかげで海流がとんでもないことになってしょっぱい海に投げ出される。

避難してきたワルプの頭に乗って動向を見ていると、小さくなったキングさんはビリーが作り出したは良いが行き場を失っていた特大の雷球に飛び込んでいた。

「……は？」

驚くべきことに、雷球を纏い空を蹴ってボンッと邪竜へ突っ込んでいく。

「末の弟よぉッ！　今すぐ斥力を！」

「ギャアァオォオオオ！」

さすがにやばいと思ったのか、邪竜は全力でキングさんを弾き飛ばす力を使った。

しかし、キングさんは止まらない。

「プルゥウゥウゥウゥウゥウアアアアアアアアアアアアア！」

大地を揺るがす雄叫びで斥力を蹴散らし、邪竜の胸に体当たり。

頑強な竜の鱗がベコッとへこみ、ついには突き破られた。

「グ、ガ……」

血反吐《ちへど》を撒き散らしながら、動きを止める邪竜。

終わったか、と思った時である。

——ゴッ、バァァァアアアアアアアアアァッ‼

「おわああああああああああああああ‼」

邪竜の体から雷を纏った水柱が無数に吹き出して、爆発した。

邪竜が爆発した！

おそらく体内に入り込んだキングさんが、内側から全方位水柱攻撃を行ったのだろう。

「お主のスライムは敵味方関係なしなのかのう⁉」

「そ、そんなこと言われても！」

急いで距離を取るが、さっきまで俺がワルプと一緒にいた場所にも余波が来ていた。

キングさんさあ……。

まあ良い、爆発の中心地で大量のドロップアイテムが吹っ飛んでいくのが見える。

俺たちは、邪竜を相手に勝利したのだった。

もっとも、ドロップアイテムを確認しなくても、どっからどう見ても死んでるが。

「うわあ……レベル、やば……」

気がつくと、73まで上がっていた俺のレベルが90になっていた。

最後の爆発で周りにいたガーディアンも大量に消し飛んでいたから、さもありなん。

「って、ワルプ！　回収！　ビリーも急げー！」

海の底に落ちてしまう前に、ドロップアイテムやその他資源の回収を急がせた。

せっかくワルプが海流操作でドロップアイテムを一箇所に集めてくれていたってのに、キングさんのせいで全部パーだよ。

「ほら、キングさんも自分でやらかしたんだから！　ほらほらほら！」

「……プルァ」

「ダメです！　これに関しては拒否権ありません！」

面倒臭いから図鑑に戻せと言っているっぽかったが、戻さず回収を手伝ってもらう。

自分で散らかしたんだから、自分で取ってこいってことだ。

「オォォォ」

「オォオ」

ワルプとビリーがコミュニケーションを取りながらドロップアイテムを集めていく。

そんなわけで、邪竜のドロップケテル、ドロップアイテム、素材。

その他ガーディアンからドロップしたアイテムが全て回収された。

ドロップケテルの合計金額は、五百六十六万ケテル。

最初のガーディアン四千体弱の分を合わせると、一千万ケテルを超える。

さらにオリハルコン、アダマンタイト、アマルガムなどの希少鉱石多数。

ラブに渡した分の鉱石が、そっくりそのまま返ってきた形となった。

迷宮守護セットのアクセサリー装備もボロボロとドロップしているし、美味しい。

やべぇやべぇ、セット全部揃ってしまったよ。

極め付けは、邪竜のドロップアイテムである。

「こ、これは――！」

鱗や牙などのアイテムに交ざって、まだゲットしたことのないアイテムを発見した。

真っ黒なスクロールと、真っ白なスクロールが各一枚ずつ。

あと、なんだか霊魂のような絵が描かれた灰色のスクロールが三つ。

「……ヤベェな、このスクロールはヤベェよ……」

わなわな震えながら呟く俺に、ジュノーが話しかけてきた。

「なんか良いのあったし？」

「うん、めっちゃあった」

前者二つのスクロールは、ネトゲでは課金することでしか手に入れることのできない類。

それがこうしてドロップアイテムとして存在するってのは、衝撃の事実だった。

「あたしも見てみたいなあ……」

「後で見せてやるよ」

インベントリに入れれば、俺以外も見れるように実体化されるからね。

「おーい！　何しとるんじゃー？　早く引き返すぞー、もう疲れたのじゃー」

「あ、うん」

何も知らないラブが、虚空に向かって「ヤベェヤベェ」と連呼する俺の様子を首を傾げながら見ていた。

こいつからは変人だと思われたくないので、さっさと回収して手伝ってくれたワルプ、ビリー、キングさんを図鑑に戻し、引き返すことにしよう。

全てのドロップアイテムは、家に戻ってからゆっくり確認すれば良いだけだからな。

「うーむ、なんだか身体的疲労よりも精神的疲労の方がすごいのじゃー……」

「そうだな、ハハ」

後半はキングさんのヤバイ攻撃に巻き込まれないようにするので精一杯だったし仕方ない。

俺だって最初のうちは精神的疲労の方が大きかった。

「して、なんでそこまで嬉しそうなんじゃ？　気持ち悪いぞ？」

「いや、そんなことはない」

「まあ良い、パパも起きんかったし、無事にミッションクリアなのじゃ」

うむ、上々である。

「トウジ、色々終わったんだからまたアイスパーティー開くし！」

「ええ、もう散々食べただろ……？」

「でもせっかく倒したんだよ？　ラブっち含めてお祝いしようよ！」

「なるほどな……ラブはどうだ？」

「アイスクリーム食べたいのじゃー！　ぱーちーするのじゃー！」

ラブもジュノーの提案に乗り気なようで、いっちょパーティーといたしますか。

ここいらで断崖凍土側に媚《こび》を売っておくのも悪くないだろう。

「ポチも大丈夫か？」

図鑑からポチを出して、スイーツパーティーをしても良いか聞くと、快諾してくれた。

「アォン」

「さっきお菓子のアイデアを閃いたから、新作を作ってくれるってさ！」

「ぬほおおおおー！　それは楽しみなのじゃー！」

さっきって、爆発後のことだよな？

なんとなくやばそうなお菓子を想像してしまった。

「お前ら、お腹壊すまで食べ過ぎたりはするなよ？」

「大丈夫なのじゃー！　つーか、お腹壊してないと言うとるに！」

「まあ、急ぎの用事もないし、トイレに行けば済む話か」

「だーかーらー！　壊してないのじゃてえええええええっ！」

断崖凍土の奥深くで、ラブの叫びと俺たちの笑い声がこだまする。


その後、めちゃくちゃアイス食った。

「大丈夫かー？」

「ふぐぉぉぉぉぉぉぉ……」

ラブはもちろんお腹を壊した。

もともとお腹が弱い子なのかもしれないと、思いました。

◇◇◇

「ただいまだしーっ！」

「ただいまー」

「アォーン」

非常に濃い数日間だったため、ギリス首都の自宅へ戻ってきたのが久しぶりに感じる。

「コケッ」

「おかえり、今回はえらい長かったやん？　どうやった？」

時刻は夕方、帰宅するとマイヤーとストロング南蛮がリビングにいた。

彼女たちの顔を見ると、ああ本当に帰ってこれたんだなって実感が湧いてくる。

「色々あったよ……」

「うん、色々あったし……」

「アォーン……」

「え？　揃いも揃ってなんなんその反応？　いったい何があったん？」

語り尽くせないほどの数日間だったたってことだよなあ。

初日は辺境伯と、うなぎの蒲焼きとマンティコア。

翌日サンダーソールに殺されかけて、その後は辺境伯との珍味バトル。

ギミックバルンの連鎖爆発やファントムバルンとの遭遇。

それを乗り越えると、断崖凍土に転移してしまい、邪竜との大決戦だ。

手短にまとめるとこんな感じなのだが、いったいどこから語れば良いのやら……。

マイヤーの晩酌相手を久々にしながら話すことにするか。

「美味しい珍味とか仕入れてきたし、飲みながら話すよ」

「え？　ほんまに？　ってかトウジから誘ってくるなんて珍しいやん！」

「そうかな？」

レベルも上がり、良きドロップアイテムが手に入ったから俺も酒を飲んで祝いたい。

そんな気分なのだ。

別に酒は嫌いではなく、ただ飲み過ぎると面倒なことになるから自制してるだけである。

「よっしゃ、ほなちょっと粧《めか》し込んでくる！」

「ええ……」

別にディナーに誘っているわけでもなく、普通に我が家での食卓だぞ。

交際しているわけでもないし、そこまでかっちり決めなくても良いのに。

化粧をしたところで、マイヤーの場合は飲み始めたら全てが台無しだ。

「ふーむ、でも一応俺もかっちりした格好した方が良いのか……？」

つっても俺たちの関係性はただのルームシェアだしな、変に舞い上がることもない。

進展も何も、マイヤーは学業と仕事が優先である。

今まで一緒に住んでて特に何もないし、マジで俺に対して何もないんだろうな。

期待するだけ損だし、これからも良き友人、そして行商パートナーである。

「よし、とりあえず夕食ができるまで俺は部屋にいるよ」

「オン」

いつものメンツであるゴレオとコレクトを召喚して、ポチに上着を預ける。

さっそくゴレオをキャットタワーみたいな状況にして遊び始める南蛮とコレクト。

ダンジョンで戦った後とは思えない、和やかないつもの光景だ。

微笑ましい姿を尻目に、俺は自室に戻ってドロップアイテムの確認作業を行う。

「早くドロップアイテム見せるし」

気になるのか、ジュノーがついて来て俺の枕をベッド代わりにしながら急かす。

「逃げないから安心しろ」

今回の戦利品をテーブルに綺麗に並べていこうか。

【悪魔のスクロール】
攻撃力・魔力：＋20
成功率：１００％

【純白のスクロール】

失敗によって消耗したＵＧ回数を一つ戻す。

成功率：10％

【霊装化のスクロール】

霊核を使用できる状態にする。

成功率：10％

まずはこのドロップアイテムの説明からだな。

「この汚い紙はなんだし」

「汚くねえよ。これはスクロールといって装備を強化するために用いるもんだ」

「へー！　トウジの強い装備ってこれを使ってるってことだし？」

「うん、まあ使ってるのはもっとちゃっちいスクロールだけどね」

悪魔のスクロールを見てわかると思うが、攻撃力と魔力が＋20されるヤバイ代物。

ネトゲでは、課金で購入できる抽選形式のアイテムの中からランダムで手に入った。

ゲーム内での取引価格は、だいたい平均50億ケテル。

廃課金ゲーマーは、これをたくさん集めて装備を強化するのである。

通常では手に入らない課金アイテムがドロップで手に入るだなんて、俺がやべえやべえと呟いていた意味もわかるはずだ。

ちなみに、対をなす存在として【天使のスクロール】というものもあるが、そちらは成功率１００％で全ステータス＋20といった具合である。

次に【純白のスクロール】についてだが、こちらは強化を失敗した際に消費したＵＧ回数を戻してくれる効果を持つ。

強い効果を持つスクロールは成功率が低いので、このスクロールを用いてＵＧ回数を戻し、強化を完遂させることができるのだ。

しかし、この使い方ではもったいない。

ネトゲ廃人は、合成した装備にこのスクロールを使用する。

合成した装備はＵＧ回数が全て消費された状態ではあるが、実は純白のスクロールによって消費してしまったＵＧを戻すことが可能。

強化合成してから、純白でＵＧ回数を戻し再び再強化という工程を経ることによって、装備の強化値は普通に強化した時よりも三倍の数値となる。

強い、強いぞ！

「これらのスクロールがドロップするという新事実により、俺の装備もさらなる高みにぐふふふふふふ……」

「トウジ、キモいし」

「と、とにかくそんな感じだ！」

「んー、よくわかんないけど、すっごく強くなるってことだけは理解したし」

「お、おう……もうそれで良いよ……」

せっかく懇切丁寧《こんせつていねい》に説明したってのに、さらっと流されてしまった。

この辺はゲームをやり込んでないと理解が追いつかない範囲だから、仕方がない。

「次は霊装化のスクロールだな」

つっても、この説明は前にしたっけか？

ちょうどイビルテールの霊核も手に入っていることだし、効果を見ていこう。

【イビルテールの霊核】成功確率：25％

霊装化のスクロールが成功した武器に使用すると、イビルテールの力を借りて強力なスキルと潜在能力を持つことができる。使用に失敗すると武器が破壊される。

＝＝＝＝＝＝

潜在能力：攻撃力＋5％（霊気マックス時：攻撃力＋10％）
スキル：斥力、引力（霊気マックス時：重力操作に変化）
スキル効果：選択した対象一つを遠ざけ、引き寄せる
スキル効果：重力を操作することができる／六十秒
※霊気が溜まっていない状態でも、斥力と引力のスキルは使用可能

ふむふむ、霊気が溜まっていなくてもスキルが使用可能。

さらに霊気マックス時にはそれが重力操作に強化されると……。

「うーん、とんでもないでござる」

「ござる⁉」

俺の呟きに反応したジュノーは放置して、能力を考察する。

攻撃力合計＋15％って効果もかなり良いものだが、これはスキルの方が圧倒的だ。

サモンカードはドロップしなかったが、霊装化に成功したら邪竜を顕現できる。

俺の予想では弱体化前の邪竜が出せるはずなので、そっちもヤバイ気がした。

さて次だ。

【強力な魔竜の指輪】
必要レベル：150
HP：3000
MP：3000
STR：100
DEX：100
VIT：100
INT：100
AGI：100
攻撃力：20
魔力：20
UG回数：5
特殊強化：◇◇◇◇◇　◇◇◇◇◇　◇◇◇◇◇　◇◇◇◇◇　◇◇◇◇◇
限界の槌：2
装備効果：全属性被ダメージ半減　取得経験値10％分のHP・MP回復

＝＝＝＝＝＝
潜在等級：ユニーク
潜在能力：全ステータス＋15％　HP＋15％　クリティカル率＋15％

俺の目を引いたのは、ドラゴンが彫られた白金色の美しい指輪。

なんと、最初からユニーク等級の潜在能力を持っていた。

ただでさえ基礎能力がバカ高いってのに、最初からユニークとはどういうことだ。

強過ぎるってばよ。

さっきから強いとかヤバイとかしか言ってないけど、それくらい良い成果だったのだ。

この取得経験値10％分のHP・MP回復という効果は、邪竜の経験値喰いっぽいね。

何にせよ、ステータス固定アップの基礎数値が大きいのは、貧弱ステータスの俺からすればかなり良質な指輪だと言える。

必要レベルが150レベルなので、あと60レベル頑張って上げようと思いました。

「トウジー、ポチがそろそろご飯できるってさー！」

「はーい！」

部屋の前から俺を呼ぶジュノーの声が聞こえてくる。

装備の確認に熱中する俺に構ってもらえなくて飽きたのか、彼女はいつの間にか俺の部屋から出て行ってしまっていたようだ。

装備の詳細なんて俺にしか見えないから、つまらないのも頷ける。

「よし、とりあえず霊装化のスクロールで遊ぼっと」

三枚あるわけだし、一枚残しで二枚くらい使ってみてもバチは当たらないはずだ。

新しいスクロールを見るとどうしても、強化してみたい気持ちには抗えなくなる。

それに試してみたいこともあるのだ、いっちょやってみますか。

「霊装化ってゲームでは武器にしか使えなかったけど、異世界だったらなんでもいけるよな？」

【不滅の指輪】０／１００
必要レベル：１００
ＶＩＴ：10
ＵＧ回数：３
特殊強化：◇◇◇◇◇◇◇◇◇◇◇◇◇◇◇
限界の槌：２
装備効果：ＨＰ20％以上を保持する時、それを超えるダメージを受けた場合、ＨＰ１を残して耐える　霊装（イビルテール）
＝＝＝＝＝

潜在等級：ユニーク
潜在能力：全ステータス＋15%　VIT＋15%　VIT＋15%

## 第四章　久しぶりのサルト、懐かしき友人

大きな収穫を得たが、立て続けの旅路だったためにそれから三日ほど休息を挟んでいた。

つっても、ゆっくり体を休めていたわけではない。

邪竜の一件でレベルがめちゃくちゃ上がってしまったため、事前に用意していたレベル80装備が無駄になり、一つ跨《また》いでレベル90用の装備に切り替えなければならず、その準備に奔走《ほんそう》していたのだ。

ちなみに帰宅当日、俺らの旅路の模様を聞いたマイヤーは唖然。

一時、クサイヤチーズという辺境伯のお墨付きをいただいた珍味に目を輝かせ舌鼓を打ちながらも、その後サンダーソールとの戦いや、断崖凍土荒らし、ガーディアンとともに邪竜を倒したことの全容を聞くと、衝撃的だったのか泥酔一直線となりゴレオに介護されていた。

普通、衝撃的過ぎたら酔いも醒めると思うのだが、マイヤーはなぜかさらに酔った。

おそらく彼女の中で、酒の肴となる話を過剰に聞き過ぎてしまい、無意識のうちに酒を過剰摂取することでバランスを取っていたのだろう。

クサイヤチーズが酒を進めまくってしまうことを念頭に置いたとしても、飲み過ぎなので一週間の禁酒令を言い渡した。

休日の小話もさておいて、休んだ後はしっかり活動を再開しようと思い立ち、ポチたちを連れて冒険者ギルドへと顔を出す。

「ト、トウジさん!?」

「どうも」

担当受付エリナの顔を見るのも、なんだか久々に感じるなあ。

何やら慌てたような面持ちだが、どうしたんだろう。

「デリカシ辺境伯領支部から辺境領の分布調査に向かったトウジさんが帰ってこないと担当である私に連絡があったんですけど、無事だったんですね!」

「あ……」

確かにそんな依頼を受けていたっけな。

依頼の完了報告をする前に断崖凍土へと飛ばされ、そこから邪竜と戦ったり忙しかったからすっかり忘れてしまっていた。

今日の朝、俺の安否を心配する連絡が入ってきたとのこと。

「とにかく無事がわかりましたので、私の方で連絡しておきますね」

「お願いします」

ついでに、たいして危険生物はいなかったと辺境伯領支部に伝えておいてもらおう。

あとは、デリカシ辺境伯領中央の泉に、ダンジョンに繋がる道があることもだ。

「本当に心配したんですからね」

「ああ、なんかすいません」

大きなため息を吐くエリナに謝っておく。

「なんか軽いですね！　本当に心配したんですよっ！」

声を荒らげたエリナは「まあトウジさんのことですから、もういいです」と言葉を締めた。

どういうことだ、それ。

時と場合によっちゃ、失礼だぞ。

「話を戻しますが、ギルドにいらっしゃったということは、依頼ですか？」

「はい」

ギルドに来たんだから依頼しか用はないだろうに。

「そろそろAランクに上がるための依頼を受けようかな、と思いまして」

そう告げると、エリナはガタッと身を乗り出して鼻息を荒らげていた。

「おおお！　ついにですか！　ついにトウジさんもランク上げに！」

今まで散々寄り道してきたし、そろそろ良いんじゃないかと思う次第である。

Aランクになって、イグニールとパーティーを組む約束を果たさなきゃいけないのだ。

あれ、なんだか遠距離恋愛を楽しんでいる気分だ。

良いなこれ。

「何か良い依頼はありますか?」

「そうですね……ちょっと探してみます」

「お願いします」

受付の机にトウジさん用と書かれた依頼書の束をガサガサ広げ始めるエリナ。

俺がいない間に俺向けの依頼書を吟味してくれているようで、ありがたい。

「昇格目的で手っ取り早いのは、クランに身を置いてって形なんですけども」

「そういうのはNGでお願いします」

抱える秘密が多いので、できれば単独行動できるような依頼が良いのだ。

「ちょうどBランクの依頼が、ギリス国内にある各クランに回ってしまっていて……」

「タイミング的に、ちょうど良さげな依頼がないってことですかね?」

「そうなります。一応クランの戦力補助として、臨時加入して受けることもできますが……」

「うーん……」

報酬と要相談なのだが、クランの戦闘員をこなせば、クランに入る時に融通が利くとかそんな感じだったらメリットがまったくない。

「しばらく下位ランクの依頼をこなしてますので、良さげなのがあれば教えてください」

「わかりました……」

残念そうにするエリナの顔を見ていると、ちょっと冷たかったかなと思う。

でも俺はイグニール以外とパーティーを組むことはない。ないったらない。

今日はタイミングが悪かったんだ。

「エリナくん、ちょっと良いかな？」

「え？　は、はい！」

適当な依頼を持っていこうとしていたら、エリナが他の職員に呼ばれて行ってしまった。

黙って待っていると、一枚の手紙を持って受付に戻ってくる。

なんだか悔しそうな表情で頬を膨らませているわけだが、喜怒哀楽が激しいな。

依頼を受けるこっちが不安になるから、もっとどっしり構えていて欲しいところである。

「どうかしたんですか……？」

依頼書を持っていってもプリプリ怒っているので、空気を読んで聞いてみた。

すると、エリナは不満そうにこう言った。

「サルト支部から、トウジさんに指名依頼ですっ！」

「サルト支部、から……？」

彼女の発せられた言葉に首を傾げる。

高ランクになって名前が売れれば、指名依頼はよくあることらしいのだけど。

国を跨いだ別の支部からだなんて、聞いたことがなかった。

「トウジさんの〝元〟担当さんからの依頼ですよっ！」

「レスリーか」

また懐かしい名前が出たもんだ。

「むむむ、呼び捨てとは……〝元〟担当さんとはだいぶ仲が良かったようですねっ」

「いや、特にそういうわけじゃないですけど」

仲が良かったというか、タイミングが良かったというか、なんというか。

ギルドの中でも受付とは違った側面を持つ女性だ。

サルトじゃ色々あったから、それですごく良くしてもらったという間柄である。

「で、どういう依頼ですか？」

話が先に進まんので、依頼の内容についてさっさと話して欲しい。

「あっ、すいませんえっと……勇者によって開拓された新鉱山に、突如としてアンデッドの大群が出現し災害クラスの騒ぎが起こっているそうです。スタンピードの予兆が見られ、サルト所属の冒険者を多数駆り出しているとのことですが、それでも人員が不足しているそうで、トウジさんに力を貸していただきたい……とのことです」

「そ、そんなことが……」

勇者が開拓した新鉱山、そのワードを聞いただけで面倒そうな予感がした。

まーた勇者か。

しかも災害クラスのアンデッドの大群って、身に覚えがあるぞ。

勇者に強い恨みを持ったゴブリンネクロマンサーのことである。

まさかとは言わんが、災害地である新鉱山ってそいつから奪った土地じゃないだろうな？

カルマに覆い尽くされたヤバめの土地じゃないですか、やだー！

やはりあの時、殺したかどうかしっかりドロップアイテムを確認しておくべきだった。

勇者のとばっちりから逃げるために、その辺を適当に済ませてしまったのはミスである。

つくづく詰めが甘いな、俺は。

はあ……絶対にサルトに行ったらややこしいことに巻き込まれるやつだろ、これ。

「エリナさん、ちなみに力を貸して欲しいって、有事の際に戦えってことですか？」

正直な話、行きたくない。

海を隔てた国にいるのだから、わざわざ俺が行く必要もないだろうと思う。

そんなことよりAランクになることの方が大切なんだもん！

「それ以外の情報は特に記載されてないですね。とにかく来てから説明するそうです」

「ええ……」

レスリーも俺の性格を知っているならば、そこは事細かく書いておくべきだろう。

じゃないと俺は受けないぞ。

「キャンセルで」

「申し訳ないですがトウジさん、この依頼はサルト支部長命令での強制力がありまして……」

「むむむ？」

すごく申し訳なさそうにするエリナの説明によると、断ったらペナルティがあるそうだ。

ランク降格、最悪の場合は除名処分もありえるらしい。

「マ、マジか……」

愕然としながら俺は依頼を受けることにした。いや、なった。

「とりあえず準備してから行きます、待っててください……と返事お願いします……」

返事を送るにも、海を跨いでトガル首都からサルトまで最短ルートで一週間以上。

そこから再びサルト側の返事を待って、俺はようやく動き始める。

相手はあのアンデッドドラゴンを連れたゴブリン野郎だろうし、準備は重要だ。

行きたくない依頼は、可能な限り時間を引き延ばさせていただく。

「あ、レスリーさんからの言伝《ことづて》で、ロック鳥を使役しているのは知っていますとのことです」

「ぐっ」

要約すれば、ロック鳥を使えば最速で来れるだろうが……ってことだった。

レスリーめ、そういうところだけはちゃっかりしてるんだからさ。

「どうされます？」

「どうするも何も、行くしかないでしょうに……」

ゴブリンネクロマンサーと実際に戦ったのは俺だから、色々と事情を聞きたいのだろう。

倒したって報告してたのに、倒してないじゃないですかって詰められる未来が見えた。

胃が痛くなってきたぞ。

「一応返事も出しておきますけど、トウジさんが直接持っていった方が早いと思いますので、こちらの書類をお願いします」

「はい……」

そしてパシリも追加とは、とほほ……。

いやはや勇者が発端の出来事は本当に恐ろしいが、悪いことばかりでもない。

俺が招集されるということは、あの場にいたガレーとノード、イグニールも同じように集められているだろう。

久しぶりに友達に会えると思えば、気分はまだマシになってきた。

「はあ、Aランクは遠いなあ」

「大丈夫ですよ、トウジさん。今回の依頼で功績をあげればきっとすぐそこです！」

「そうですか」

わざわざギリスから向かうんだ、それくらいの待遇があって欲しいもんである。

「あれ、そういえば……うるさいのがいなくて、今日はギルドが静かだな」

ギルドに長居していると、目敏く絡んできていたあいつがいない。

「うるさいのって、ギフさんですか？」

「そうそう」

「確か、トウジさんがデリカシ辺境伯からの依頼を受けた後、すぐに護衛依頼を受けてトガルに旅立ちましたよ。なんか出稼ぎに行ってくるハニーとか言って、キモかったです」

「マジか」

デリカシ辺境伯の依頼を受けたのって、二週間近く前の話である。

逆算したら、もう海を超えてトガルで活動しているってことか。

「嫌な予感しかしねぇ！　もうやだぁああああああ！」

「あっトウジさん⁉」

俺は今までずっと黙って話を聞いていたポチを抱きかかえ、ポチの腹に顔を埋《うず》めてもふもふしながら冒険者ギルドから走って家に帰った。

◇　◇　◇

冒険者ギルドを飛び出した翌日、さっそく朝からワシタカくんに乗って大海原を越えた。

見渡す限りの大海原は、きっととんでもなく良い景色だったことでしょう。

ま、俺は飛行中ずっと寝てたから見てないけどね。

時折トイレ休憩や食事休憩などを取りながらの飛行を繰り返し、約三日ほどかけてギリスからトガルの国境都市サルトへとたどり着いたのだった。


「久々だしー！」

コレクトの背中に乗ったジュノーが、サルトの門から見える山脈に向かって段々状に築き上げられた街並みを見ながら嬉しそうな声を上げる。

「そうだな」

細かい日数はわからないのだが、二ヶ月ぶりくらいかな？

いや、もっと経ってるか。

デプリから逃亡し、マイヤーの荷馬車に揺られながら移動、また移動の目まぐるしい日々を経て、ようやく腰を落ち着けた町、それがサルト。

「俺の冒険者生活はここから始まったんだ」

最初にゴレオを召喚し、次にキングさんとチロルに出会い、コレクトも仲間に加わった。

今の主要メンバーはこの町で揃ったんだ。

「懐かしいなあ……」

別に数十年ぶりに戻ってきたとかそんなんじゃないが、旅立った後の時間も濃過ぎて、相対的にサルトの日々がえらく輝かしく思えてくる。

「トウジ、前に住んでた部屋をまた借りるし！」

「ああ、そうだな！」

部屋のグレードを一つ上げても良いのだけど、ここはジュノーのアイデアに乗ろう。

依頼が終わるまではしばらくサルトに滞在すると思うからね。

「オン」

不意に、ポチが俺のズボンを引っ張った。

「ん？　どうした？」

「アオン」

ポチが見ている方向は、初めて料理を覚えた牛丼屋のある方向だった。

「久しぶりに顔を出してみるか」

「オン！」

ポチの料理人としてのスタートも、この町からだしね。

久々に懐かしい場所巡りといこうではないか。

俺の異世界生活は、実際デプリで召喚されたところからなんだけど。

この際それはなかったこととして、このサルトから始まったこととする。

「みんな、牛丼食いに行くぞ！」

「アォーン！」

「おーっ！」

サルトに着いて最初の食事は、やっぱり牛丼だ。

「……！」

「ん？　どうしたゴレオ？」

ポチと同様に目を輝かせてうきうきとした雰囲気を醸し出すゴレオ。

すかさずジュノーが通訳してくれる。

「久しぶりにイグニールに会いたいって言ってるし！」

「ああ……うん、すぐに会えると思うよ」

彼女だってゴブリンネクロマンサー事件の関係者である。

俺同様、呼び出されているはずだった。

「イグニールに会ったらたくさんお話するし！　ガールズトーク！」

「……！」

ジュノーの言葉にコクコクと力一杯頷くゴレオ。

「すごくワクワクしてるみたいだけど、そんなに楽しみなの？」

ギリスにはマイヤーだっているし、三人で話してれば十分だと思うけどな。

何を話してるか知らんけど。

「マイヤーってあんまり経験なくって、話しててもすぐ酒飲み始めて面白くないんだもん。だったらイグニールのやばい話の方が――」

ジュノーがそこまで言った時、ゴレオが顔の手前に人差し指を持ってきてシーッとジェスチャーを送る。

「あっ、これは女の子同士の秘密だったし！　忘れてトウジ！」

「お、おう……」

マイヤーが経験少ないってのはまだわかる。

ずっと行商一筋だったろうし、損得勘定でその辺を考えてそうだからだ。

だが、イグニールのやばい話ってなんだ。

なんだなんだ、めっちゃ気になるんですけど。

俺の知らないところでいったい何を話しているのか、すごく興味深いのだが、知ってしまったらなんとなく後悔してしまいそうな気がしないでもない。

「アォン」

「あ、はい」

ポチがいいから早く行くぞ、と俺の太腿《ふともも》を小突き始めたので、先ほどの話はとりあえず聞かなかったことにして、牛丼屋へと向かうことにした。

◇◇◇

「ごちそうさまでした」

丼ものパイン一号店で、懐かしき味の牛丼をいただいた。

「お粗末様です。今日は来てくれてありがとうございます」

「いえいえ、相変わらず美味しかったです」

パインのおっさんが他の店舗にいる間、この店を任されているのは息子のメッシである。

俺がサルトを出てから、長年交際していた女性と結婚し夫婦で切り盛りしているそうだ。

「親父もいてくれたら良かったんですけどね」

「はは、忙しいのは俺も知ってますから」

「まったく、トガル国内にどんどん店を出して……後を継ぐ時が来たら、やっていけるのか不安ですよ……」

メッシは、トガル国内に次々と新店舗を立ち上げていく父親に苦笑いを浮かべていた。

お堅い兵士から、いきなり飲食業に鞍替えしたのだから、不安になるのも仕方がない。

しかし、後ろ盾としてアルバート商会もあるし大丈夫だ。

このまま順調に店が拡大していけば、いずれにせよ現場に立つことは少なくなる。

そこまで来たらもう未来は安泰な気がした。

破竹の勢いで受け入れられて、地域に根ざした飲食業って強いだろうしね。

「大丈夫ですよ。町の外は物騒ですし、少なくとも兵士よりは安全です」

「ですね。遠方の詰所に飛ばされるしがない一兵卒よりも、毎日嫁さんの顔を見れるし、やっぱり俺も親父の血を受け継いだのか、最近料理をすることが楽しくて仕方ないです」

「良いですね。平和に暮らせるのが一番ですよ」

マジで、平和に暮らしたいと心の底から思う。

「うちの牛丼を食べてくれるお客さんの笑顔が、その証拠だって毎日感じてます」

そりゃ良かった。

誰かに感謝されるって、くすぐったいけど悪くはないもんだ。

「それもこれも、トウジさんやポチのおかげですよ」

「いえいえそんな、俺たちは何も……」

「何言ってんですか。親父をなんだかんだ導いてくれたじゃないですか」

「は、はあ……」

俺は人を導けるほどの器《うつわ》じゃない。

ただ、おっさんの料理が美味しかったから、気に入っただけなのである。

なんか背中がムズムズしてきたぞ。

「そんなわけで、この牛丼は俺からのおごりにさせてください」

「良いんですか？　ありがとうございます」

断るのも悪いと思ったので、厚意を素直に受け取ることにした。

代わりといっちゃなんだが、結婚祝いとしていくらか包んで渡しておく。

「では、俺からはご結婚のお祝いをば」

「ええ、ちょっと！　さすがに悪いですよ！」

「牛丼をご馳走になりましたし、これはほんの気持ちですよ」

渡したのは白金貨一枚。

「ちょ！　そ、それはもらい過ぎですってば！」

驚くメッシだが、子供ができた際の出産祝いも兼ねてってことにしておいた。

忙しい中、まだまだ先のことだとは思う。

でもその時、俺はこの町にいるかわからないからね。

「……あの、子供が生まれたらトウジさんの名前をもらって良いですか？」

「へ？」

未来の出産祝いだってことを告げると、メッシがとんでもないことを言い出した。

「いや、トウジさんの言う通り、落ち着いたら親父に孫の顔を見せようかって嫁さんと話してるんですけど、もし息子が生まれたらトウジってつけたいなと思いまして……」

「えっと……」

返答に非常に困る状況だ。

俺としては別に構わないのだが、俺の名前を使って変な因果を背負ってしまい、面倒ごとに巻き込まれないか心配だった。

「ダメですかね……？」

「うーん、トウジだと語呂が悪いかもしれないので、トージとかにしてみては？」

無下にすることもできず、捻り出した答えがそんな名前だった。

トウジじゃなくてトージなら、大丈夫そうな気がしないでもない。

「なるほど、トージですか」

「良い名前だし！」

「オン！」

俺たちの話を隣で聞いていたポチとジュノーも肯定する。

「トージ・フーズ……うん、うん！　良い名前です！　親父も喜ぶと思います！」

「そ、そうですか」

そもそも勝手に決めて、メッシの嫁さんがどんな反応を示すのか。

まあ、それは夫婦の問題だから、俺が口出しすることでもない。

「じゃ、そろそろ行きますね」

「はい、また来てください！　ポチも！」

「アォン！」

軽く会釈をして、俺たちは牛丼屋を後にした。

丼ものパインの店のロゴが入った前掛け姿のメッシが、なんとなくおっさんと重なる。

その姿を見たら、今後も問題なくこの店は栄えそうだなと思った。

◇　◇　◇

牛丼屋を出た俺たちは、前に住んでいた部屋を再び借りに向かったのだが、件の部屋はすでに誰かが住んでいるようで、たまたま空いていた隣の部屋を借りることにした。

「あの部屋が良かったんだし……」

「アォン」

「……」

「クエェ」

残念そうにするジュノー、ポチ、ゴレオ、コレクト。

「すでに誰かが住んでるなら仕方ないさ」

隣の部屋も間取りが左右反転しているだけで、前に住んでいた部屋と同じだ。

それでも前の部屋を借りたいという気持ちは、思い出補正ってやつなのかな。

「ほら、行くぞ」

「うん」

「オン」

前の部屋みたいに家財を配置すると、俺はポチたちを連れて冒険者ギルドへと足を運んだ。


Fランクから C ランクまでお世話になったサルト支部。

「トウジ、何やってるし、さっさと入るし」

「ああ、ごめん」

あまり考えないようにしてるけど、どこを見ても、どの道を通っても思い出が蘇ってきて、どうしても足が止まってしまうなあ……。

ジュノーに急かされた俺は、ゴレオとコレクトを戻すと中へ入った。

受付に目を向けると、前と同じようにレスリーが座っている。

「トウジさん……」

目を見開いて驚くレスリーに手を振る。

「お久しぶりです」

「予想以上に早いですね。ロック鳥を使ったとしても、もう少しかかると思ってました」

「急ぎましたよ」

休憩を挟みつつの飛行だが、トイレと飯のみの必要最低限だけだ。

睡眠は、ワシタカくんに乗りながら済ませるという強行である。

「なるほどそうですか。でしたら取り急ぎ、こちらへお願いします」

「はい」

レスリーに連れられ、支部長室の隣にある部屋へと通された。

「呼び出しがかかるまで、ここで待機をお願いします」

「了解です」

軽く会釈し、レスリーの後ろ姿を見送ってドアを開ける。

「トウジ！」

「トウジさん！」

すると、ソファに座るガレーとノードが目に入った。

いると思ってたから、手を上げて挨拶する。

「よっ、久しぶり」

「こ、こ——」

「こ？」

ガレーが金魚みたいに口をパクパクさせながら立ち上がると、俺に詰め寄った。

「このバカ者痴《し》れ者が！　なんでいきなり挨拶もせずサルトの町を出て行ったんだ！　せっかく巡り合えた仲間だというのに、友達だと思っていたのは俺たちだけだったのか!?　なんだ？　何か弁明があるなら言ってみろ！　何も言わずに勝手に姿を消すその愚行には呆れたを通り越して遺憾の意を表明する！　俺とノードとイグニールとレスリー嬢の気持ちを少しでも考えてみたらできないはずだ！　手紙は読んだかこの野郎！　久しぶりだな！」

「う、うおおおお……」

久々に聞いた、ガレーの唾を飛ばしながらの早口ペラペラ。

最後の「手紙は読んだか」と「久しぶりだな」ってのは聞き取れたので頷いておく。

「まったく如何ともしがたい状況だ。俺としては今すぐ貴様の歓迎会を開くことを希望するのだが、しかしアンデッドの一件がある以上、迂闊なことはできんのだ。俺たちだけがお祭り騒ぎでいると、周りの冒険者の志気に関わることだから仕方がない。そして今聞きたいのはあの時倒したはずのゴブリンネクロマンサーとその使役するアンデッドドラゴンがなぜ生きているかということ——ペェッ!?」

矢継ぎ早に一人で喋り続けるガレーの後頭部をノードがグーで殴って止める。

「一方的に話すのはダメですよ、ガレーさん。トウジさんが困ってます」

「あがあが、あがが」

「えっと、その……顎が外れてるけど、大丈夫か……？」

顎は一度外れると癖になると聞く。

「大丈夫ですよ」

困惑する俺に対して、ノードはにこやかな笑みを浮かべると言った。

「ガレーさんの場合、一日一回外しておく方が静かですから」

「そ、そうなの……？」

どうやら、すでに癖になってしまっているようだった。

「あがががががーっ！」

「トウジさん、とりあえず座ってください」

顎が外れても喋ろうとするガレーを放置して、ノードは話を先に進める。

確かにガレーを黙らせる方法としては、効果的だとは思うのだけど。

いささか、力技過ぎる気がしないでもない。

俺のいない間に、この二人の力関係はいったいどうなってしまったのだろうか。

「あががーーーーーーっ！」

「ほら、ガレーさんも落ち着いて座ってください。戻しませんよ？」

「あが……」

懐かしいな、なんて思う前に、こいつらやべえなって印象が強く残ってしまった。

ノスタルジックな俺の気持ちを返して欲しい。

「あれ、イグニールはいないし？」

恐る恐る椅子に座ったところで、ジュノーがキョロキョロしながらそう言った。

本当だ、イグニールがいない。

トガル国内で活動しているなら、イグニールだって先に来て良いはずなんだが。

「ああ、イグニールさんは隣の支部長室にいますよ」

ノードのセリフに驚く。

「え、イグニールがギルドマスターなの？」

「あががっ！」

「違うわバカ者、だってさー」

「……ジュノー、いちいち通訳しなくて良いよ」

つーか、できるのか。

「今回、アンデッド災害の対策として、豪炎のイグニールさんがリーダーですから」

だから支部長と話し合ってる、とノードは説明してくれた。

「豪炎の、ってなんだか物々しい二つ名だな」

「彼女はもう最速Sランクとしてサルトの期待の星ですし、二つ名もつきますよ～」

「あがが」

「あ、そろそろ喋って良いですよ、ガレーさん」

極々自然な動きでガレーの顎を下からグーパンで殴って顎をはめ込むノード。

ガゴッと痛々しい音が響いたのち、何事もなかったようにガレーが話し始める。

「トウジがいなくなってから、この町には何度か厄介な魔物が姿を現した。それを一人で倒したのがイグニールで、彼女は一気にBランクからSランクに駆け上がったのだ。炎の上位精霊イフリータの使い手だから、Sランク指定を受けて囲われるのも当然の話だぞ」

「すごいですよね、イグニールさん。もう遠い存在って感じがしますよ」

「そ、そうなんだ……」

イグニールがSランクって、マジか。

俺はまだAランクですらないんだけど……ど、どうしよう。

祝福したい気持ちはあるのだが、手紙の約束を果たすことができておらず焦っていた。

くそ、こんなことなら邪竜の素材を納品して、俺もSランクになっていれば！

いやダメだ、下手なことをして目立ってしまっては、今までの苦労が水の泡となる。

〝トウジまだBランクなの？〟とか言われたら、三日くらい寝込んでしまいそうだ。

……ランクを気にするなんてダサ過ぎるな、俺。

彼女に嘘はつけないので、素直にBランクだと言って彼女のSランクを祝福しよう。

イグニールを待っている間に、ガレーとノードから色々と話を聞いたのだが、俺がいなくなってからも山脈から度々魔物が雪崩れ込んできたそうだ。

前のスタンピードは勇者のせいだとばかり思っていた。

しかし、どうやら町の立地的にそういった災害が発生しやすい場所のようで、その厄介な場面によくいたのがイグニールである。

まるで小説や漫画のヒロインのように、厄介ごとの渦中に居合わせた彼女は、精霊イフリータとともに切り抜け、いつの間にかSランクへと駆け上がっていったそうだ。

「俺もいつか風の精霊を使役してみたいぞ！」

「ガレーさんはうるさいから近寄って来なそうですよね」

「なんだとっ！」

彼らの話を冷静に分析してみたのだが、おそらく彼女の持つ杖の効果がタイミング良く発動した結果なんじゃないかと思っている。

もともとイグニールは放って置けない性格だから、厄介ごとに首を突っ込みやすい。

俺と出会った時だって、厄介ごとの渦中にいた。

そんな彼女が杖を取り戻して、厄介ごとに対応できる力を得れば当然の結果である。

彼女の杖は、レベルが上がればＩＮＴ補正や魔力、属性強化の値も増えるし、何より魔物を倒せば倒すほどに霊気が溜まって強くなっていく代物だ。

大量の魔物が押し寄せてくるスタンピードとの相性は、抜群なのである。

もっとも、それはあくまで一つの要素であって、実際に魔物や厄介ごとを目の前にした際、強い心を持って動けるか動けないかって部分が大きいんだけどね。

イグニールにはそんな強い心があって、杖に宿った精霊も応えてくれたのだろう。

「……すごいな、イグニールは」

俺はポチたちが側にいるから今まで踏ん張れているだけなんだけど、一人でそこまでできる彼女は本当にすごいと思った。

「そうだ、トウジはどこまでいったんだ？　最速Cランクだったから、イグニールみたいなSランクとはいかなくても、Aランクくらいにはなったのか？」

ガレーの言葉に、ギクリとした。

「ああ、いやその……まだBランク……」

「なんだと！　なんだその体《てい》たらくは！」

「い、いやあ」

他にやることがあったっていうか、なんていうか。

Bランクになってから、割と好き勝手に依頼をこなしていたわけで、ようやくAランクを目指して頑張るか、と決意を新たにした矢先に急遽サルトに呼び出されたんだ。

「仕方ないだろ」

「でも僕たちと一緒ですね！　なんだか置いていかれてなくて安心しました！」

「まあね」

「何を言ってるんだノード。こいつがBランクなら、俺たちのBランクはお情けみたいなもんだ。わかってないな、ギリスのギルドも！」

「いやいや、そこまで言うほどのもんでも……」

それぞれにタイミングっていうものがある。

すぐに上がることもあれば、長い時間伸び悩むことだってある。色々だ。

常々人生とはそんなもんで、同じ目標を掲げてもペースを相手に合わせる必要はない。

「お前とイグニールは俺の目標だぞ！　だから何がなんでもお前ら二人はSランクにべっ」

「ガレーさんってば、まーたガミガミ……再会が嬉しいのはわかりますが落ち着きましょう」

「あが！　あがががーっ！」

「はいはい、あの日できなかった送別会と再会を祝う会は、今晩みんなでやりましょうね」

「あがっ！」

顎が外れたガレーとナチュラルに会話を行うノードの姿。

な、仲が良さそうで何よりだ。

「トウジさんも、今晩みんなで食事会をしたいと思ってるんですが、どうですか？」

「うん、もちろん参加するよ」

みんなから届いた手紙はインベントリに大切に保管してある。

たまに、ふとした時に取り出して読んでるくらいだ。

だから、あの日できなかった送別会と再会を祝う会に行かない理由がない。

「ギリスに行くまでの間に、すごい美味しい食材を手に入れたんだ」

今日はみんなにそれをご馳走しようと話したところで、ガチャ。

不意に俺の後ろの扉が開いた音がした。

「相変わらず騒がしいわね、また喋り過ぎてガレーの顎が外れちゃったの――」

振り返ると、書類をつけたバインダーを抱えた美女がいた。

燃えるような赤い髪の女性、イグニール。

「――っ」

彼女は俺がこんなに早く来ているとは思っていなかったようで、息を詰まらせる。

彼女の燃えるような瞳と目があった瞬間、ちょっとだけドキッとした。

「……久しぶり、イグニール」

固まる彼女に、なんて言葉をかけようか少し迷ったのだが、結局俺の口から出たのは当たり障りのない言葉である。

せめて、Sランクおめでとうと言えてれば、まだ気を利かせた一言だっただろうか。

「…………」

久しぶりね、と当たり障りのない言葉を返されるかと思ったが、彼女は固まったまま。

「……どうしたの？」

「なんでもないわよ。相変わらず元気そうで安心したわ」

「あたっ」

彼女は持っていたバインダーで俺の頭を軽く小突くと、空いてるソファに腰掛けた。

再会して早々頭を小突かれるとは、俺がいったい何をしたってんだ……。

「イグニールゥー！」

「ジュノー！」

座ったイグニールの元へ、ジュノーが飛んでいく。

「久しぶりだしっ！　元気にしてたし？」

「ええ、すこぶる元気よ。そっちはどう？」

「ギリスで友達が二人増えたし！　えへへ、友達リスト見る？」

「良かったわね、後で見せてもらおうかしら？」

ジュノーの友達二人って、デリカシ辺境伯とラブのことだよな。

割と会っていたはずなのに、ジュノーの友達リストに載っていないオスローだった。

どんまいオスロー。

つーか、ジュノーの話はさておいて、だ。

「またゴレオと一緒にお話するし！」

「そうね、サルトにはいつまでいるの？」

「しばらくいるし！　トウジが帰るって言ってもわがまま言っていてもらう！」

「ならうんとわがままを言っちゃいなさい」

ジュノーとイグニールの話を聞いていると、俺との扱いに差を感じた。

やはり、何も言わずに町を出たことを怒っているのだろうか。

はあ……そうだとしたら、なんだかちょっと話しづらいな……。

ガレーとノードは同性だからまだ良いんだけど、異性との距離感ってこの歳になっても未だに掴めない。

「ジュノーのわがままなんて、いつもポチが聞いてあげてるよなあ？」

「アォン」

なんだかドギマギするので、とりあえずポチを抱きかかえてもふもふすることにした。

◇　◇　◇

俺たちはようやく支部長の部屋へと呼び出され、色々な事情聴取を受けることになった。

言わずもがな、支部長というのはギルドマスターのことである。

「腰掛けてくれ」

支部長の言葉とともに、目の前に用意された椅子にそれぞれ腰掛けた。

空気を読んでポチは図鑑に戻し、ジュノーもフードの中に隠してある。

普段は、全生命の頂点にいるのがあたし、みたいな振る舞いをするうちのパンケーキ師匠も、今回限りはギルドマスターの厳かな雰囲気を汲み取り静かにしてくれていた。

「俺の名はゴード、現場上がりのギルドマスターだ」

全員が座ったのを確認して自己紹介をするギルドマスター。

髪を短く刈り上げた筋骨隆々の無精髭は、なんとなく大剣をぶん回してそうな印象。

この人はかなりの凄腕で、昔は二つ名持ちのSランクだったそうだ。

「ゴード……まさか〝剛弩《ごうど》〟のゴードですか⁉」

「……まあな、昔はそう言われていた時期もあった」

「そんなまさか、サルトのギルドマスターをしているなんて想像もしていませんでした！」

ギルドマスターの名前を聞いて、テンションを上げるガレー。

そんなに有名なのか、さすがは二つ名持ちのSランクである。

俺の予想に反して、大剣ではなく弩の使い手か。

剛弩とゴードって、なんか名前の響きがすっげー似てるね。

「トウジ、なんだかよくわかってない反応だから、こっそり説明しておくけど」

「う、うん？」

ぼんやりしていると、イグニールが急に顔を寄せて耳打ちする。

「支部長はその辺にあったバリスタを抱えてガイアドラゴンの眷属《けんぞく》であるロックドラゴンを倒したことから〝剛弩〟と呼ばれるようになったそうよ」

「へ、へえ～」

バリスタって都市の外壁に設置されているでかい弓の兵器だよな？

普通は兵士二、三人で運用するアレを一人で抱えて戦場を走るとか、確かにすごい。

そして求めてもいないのに、さらっと解説してくれるイグニール。

懐かしいいし、なんか顔が近くてドキッとするし、今すぐポチを召喚してもふもふしたい。

「サインをもらいたいのですが！」

「ガレーさん！」

「あがっ!?」

「話が進まないので黙っててください」

「あがが！　あがっ！」

不服そうなガレーだが、本当に話が進まないので今日はずっとそのままで良いだろ。

「……」

そんな俺たちを見ていたギルドマスターは「なんだこいつら」といった表情だった。

俺も同じ気持ちです。

みんな一癖も二癖もあるタイプだからなあ。

「ま、まあいいだろう。サインは後でやる」

やるのか。

「とにかく今回集まってもらったのは、山脈の向こう側で起こっているアンデッド災害について、いくつか君たちに聞きたいことがあったからだ」

ギルドマスターの鋭い眼光が俺を射抜く。

実際に戦ったのは俺だからだろうな。

「トウジ・アキノ」

「はい」

「君が戦ったゴブリンネクロマンサーは、あの有名な小賢ゴブリン——ウィンストか？」

「それはわかりません、名前も初めて知りましたし」

下手に知っている風を装うのも益がないので正直に答えておく。

「そうか、確証は得られてないのか」

「ですが、そいつが小賢と呼ばれる存在であることは、確実だと言えます」

「詳しく聞かせろ」

「勇者に強い恨みを抱いていたからですよ」

インベントリから一冊の本を出しつつそう答えた。

小賢と呼ばれたゴブリンを勇者が倒したことは、刊行された本に書かれている。

状況的に、あのゴブリンネクロマンサーが小賢だってのは容易に想像がついた。

「ふむ……戦った時に、奴は何か言っていたか？」

「勇者への恨み節くらいですね。関係者は全員殺すって」

奴の言葉を一つ一つ覚えているわけじゃないが、とにかく恨みがすごかった。

寒気を覚える強烈な瞳。

目が合うだけで呪い殺されるんじゃないかと、ひやひやしたもんだ。

「君は勇者の関係者なのか？」

「そんなまさか、たまたま居合わせただけですよ」

俺の名前を知る前に、あのゴブリンは膨大な数のゴブリンを倒せるのは勇者に関係する力を持っているものに違いないって理由で襲ってきたわけだしな。

「ほう、たまたま居合わせた、か……まあいい」

何がまあいいんだ。

本当にたまたまなんだが？

勇者に倒された時、たまたま勇者の口から出た俺の名前を覚えていて、その同姓同名がたまたま目の前に現れたから攻撃を仕掛けてきたんだろうに。

振り返れば、タイミングが最悪過ぎる。

異世界人生トップ3に入るほどの最悪で面倒なとばっちりだ。

「戦った後、仕留めたことの確認はできていなかったわけだな？」

「はい、そこまで余裕がなくて……すいません……」

「別に責めているわけではない。もしそいつが本当に過去に小賢と呼ばれるゴブリンだったとしたら、撃退させることができただけでも上出来だろう」

「ありがとうございます」

キングさんでも仕留め損ねるレベルだから、相当な手合だってのは確かである。

「よし、話を聞いた限り、向こう側で起こっているアンデッド災害は、ほぼ確実にその小賢が絡んでいると見ても良いだろう」

話を全て聞いたゴードは、そう言いながら葉巻に火をつけた。その時だった。

「ゴード、彼の言葉をそのまま信じるのですか？」

急に扉が開いて細身の男性が入ってくる。

「そうやって一方だけに耳を傾けて話を進めるのは悪い癖ですよ？」

「チッ……何の用だ、ウェスカー」

舌打ちした後、ゴードはドスの利いた声と鋭い視線を男に向けた。

ウェスカーと呼ばれた細身細目の男は、ニコニコしながら答える。

「いやはや、副支部長として今回の事情聴取に同席しに来ただけですよ」

「だったら遅刻だ」

「私も補佐業務で忙しい身ですし」

笑顔を崩さず答えるウェスカーは、俺を横目で一瞥《いちべつ》すると部屋の隅っこで何もない空間から椅子を取り出し足組みして座った。

アイテムボックスか。

アイテムボックス持ちの人なんて、今まで一度も見たことがなかったので珍しい。

「ふん、今はお前とくだらんやり取りをするつもりはないぞ」

「それも業務の一環ですよ？」

「黙れ」

軽口を言い合うゴードとウェスカーは、仲が良いのか悪いのか掴めない印象だ。

俺への視線が少し気持ち悪かったので、関わらないようにしておこう。

「一方からの情報を鵜呑《うの》みにするなと言ったがな、ウェスカー」

「はいはい」

「デプリ側の情報が隣の支部から来ない以上、持てる情報でしか判断できないだろう？」

「確かにそうなりますね」

「ある程度下調べを行い、状況を判断した上での勘ならば、みんなやってることだ」

「そうですね」

「だから文句あるか？　俺の勘はよく当たるんだ」

「ないですけど」

「ならば良し」

くだらんやり取りはしないと言いつつも、なんだかんだ話しかけるゴード。

こいつら絶対仲良いだろ。

隣でガレーが「これが目に見えない信頼関係か！」と唸り声を上げていた。

知らんがな。

「そうだ、判断材料になるものを持ってきたんでした。お渡ししておきますね？」

思い出したようにウェスカーは立ち上がり、書類をゴードの机に置いた。

「なんだこれは？」

「監視報告書ですよ。相変わらず山の向こうの人たちは情報を隠したがりますからね」

わざわざ調べるのに手間取りました、とウェスカーは肩を竦《すく》めていた。

「それを先に渡す方が業務の一環だろうが……」

額に青筋を浮かべながらも、ゴードは素早く書類に目を通す。

その間、俺たちにも聞こえるように、ウェスカーが口頭で内容を話してくれた。

「監視員が空にアンデッドドラゴンの存在を確認したそうで、概ね今回のアンデッド災害を引き起こした正体は、そこの四人の冒険者が会敵したゴブリンネクロマンサーだってことが確定しました」

「ふむ」

「もっとも、それが小賢と呼ばれしゴブリンかどうかはまだ確定ではないですが、これについても概ね支部長の意見に同意ということで」

「だったら余計なやり取りは控えろと何回言われれば気が済むんだ」

「一万回を目指しています」

「だったら今何回か言ってみろよ」

「三千五百八十九回です」

小学生か、と突っ込みたい。

「……チッ、話を戻すぞ」

そうだよ戻せよ、さっさと話を先に進めろよ。

こっちはわざわざギリスから来たんだぞ。

「小賢が生き残っているなら、この件の情報をデプリ側がひた隠しにする理由もよくわかる」

「ええ、根本的な原因は私利私欲に溺れたデプリ上層部と勇者ですからね」

デプリが肥沃な大地を欲して今の惨状を生んでしまったと露見してしまえば、勝手に勇者召喚をしたことも合わさって他の国からの風当たりが厳しくなる。

「世界を救うべく召喚された勇者の失態。これは面白いことになりますねえ」

「世界を救うっていうか、デプリを救うって感じだけどな」

「皮肉ですよ。あの国の上層部はあの国だけで世界ができていると勘違いしてますから」

「はは、確かにそうだな！　一本取られたぞウェスカー」

「五本くらい取ってますよ」

こいつら絶対仲良いだろ！　仲良し二人組じゃねーか！

そんなことよりマジで話を進めてくれないかな、真面目に聞いてた俺がバカみたいだ。

「もー！　早く話を先に進めるし！　フードでじっとしてるの飽きてきたんだから！」

「ん？　おお、すまんすまん」

いい加減イライラしてきた俺の気持ちを汲み取ったように、フードから飛び出したジュノーが彼らの会話に切り込んでいく。

いいぞ、言ってやれ。

こういう時こそ、うちのパンケーキ師匠は頼りになるな。

「ふむ……そうですね、そろそろお遊びもやめておきましょう」

ジュノーを一瞥した後、ウェスカーは話を戻そうとするが、ゴードが立ち上がる。

「てめぇ、やっぱりふざけてただけだったのか、ウェスカー！」

「そこ！　いちいち立ち上がらないで、さっさと話を進めるし！　こっちはこの後トウジの送別会と再会を祝う会があるんだし！　その準備で部屋を飾り付けたりしなきゃいけないんだから忙しいんだし！」

「お、おお……わかったからあんまり怒鳴らないでくれ……トウジ・アキノにはわざわざ遠くから来てもらったわけだし、取り急ぎ要点だけを伝えておく」

「早く伝えるし！」

「君たちの証言と今回の報告書を元に状況をまとめるが……」

ジュノーのおかげでようやく本格的に話が進むことになった。

ゴードから聞いた件の全貌だが……。

アンデッド災害が起こってすぐ、山を挟んだ隣のウィリアム支部から一番近いサルト支部に助力要請が届いたそうだ。

しかし、詳しい原因がウィリアム側から入ってこず、サルト側は独自に情報をかき集めることを余儀なくされることとなった。

そこでゴードはゴブリンネクロマンサーの一件を思い返して、関わったとされる冒険者を呼びつけたのである。

小賢討伐後、隣の国で唐突にアンデッドドラゴンを従えたゴブリンネクロマンサーの出現。

次に、小賢がいた土地で謎のアンデッド災害。

これら二つにはなんらかの関係性がある、と支部長ゴードは考えていたようだ。

今回の話し合いで、結局そのネクロマンサーが小賢なのかどうか確証は得られなかったが、状況的にその可能性は非常に高いという結論に至る。

「アキノ・トウジの証言やアンデッドドラゴンの確定情報からも導き出せるのだが、その他にも色々と断定できそうな話があってだな」

「死霊術系のスキルは、強い恨みを元に後天的に目覚めることが多いから、ですね」

「その通りだ」

元の魔力が高い存在じゃないと、死霊術に目覚めた際に災害と呼ばれる規模にはならないそうなので、ネクロマンサーの元が小賢ならば、この状況にも納得がいくそうだ。

「元が小賢だった場合、山脈を隔てた向こう側で起こっていることだと、無関心を決め込むわけにもいかない。だから、俺は君たちを呼んだ。一度戦い、撃退させるほどの力を持つ冒険者ならば、何らかの切り札になる……はず！」

「はず、なんですか」

「確証はないが、俺の勘はよく当たるんだよ」

奇遇だな、俺の悪い予感も高確率で当たるんだよね……。

さらにフラグ回収の速度がえげつない。

そこまで話をざーっとまとめたゴードは改めて言う。

「とりあえず、もっと詳しい状況がわかるまで、君たちはサルトで待機してもらう。その間は自由だが遠出をせずにいつでも連絡を取れるようにしてもらいたいのだが、良いか？　もちろん待機報酬はしっかり出るから安心してくれ」

「あれ、待機ですか？」

切り札だ、と言われるからには、今すぐにでも戦場に駆り出されるのかと思った。

「向こうには勇者がいるだろう？　勇者の動向がはっきりするまでは何もできない」

「なるほど」

どうやら冒険者ギルドとしては、助力要請には協力して欲しいそうだが、トガル上層部がこの一件にあまり関わるなと難色を示しているらしい。

板挟みとは、ギルドも大変なんだな……。

自由に動けないギルド側は、アンデッド災害の余波を懸念し、ひとまず情報収集優先で動いているとのことだった。

俺としても、デプリに行かなくて良いのならばありがたい限りである。

「まったく……デプリのお偉いさんは、今はダンジョン攻略のために勇者を使って、アンデッド災害には関わらせたくないような口ぶりなんだそうだ。しかしなあ、俺は古い穴蔵よりも人が住んでる地上の方が大事だろって思うんだがな……」

ため息を吐きながら、ゴードはそう愚痴る。

まったくもって同感だ。

なんとかして、勇者の失態を隠そうとしているのだろうかね。

「同感です支部長。珍しく今日は意見がたくさん合いますね」

「おう、本当に珍しい日だな。取り急ぎウェスカー、お前の仕事は隣の国の情報収集と山脈でおかしなことが起こってないかの調査だから、抜かりなくやれよ」

「……そこまでさせられてるんですから、遅刻くらい許してくれてもいいのでは？」

「知らん、働け」

「はいはい。では私はこの辺で失礼しますね。では皆さんさようなら。そこの若きダンジョンコアさんも、私と支部長の掛け合いに一石投じるとはなかなかやりますね。では」

ゴードにバッサリ言い捨てられたウェスカーは、肩を竦めながらこの部屋を後にした。

「よし、話は終わりだ。帰って良いぞ。」

ウェスカーの後に続いて、俺たちも解散の運びとなる。

「ああそうだ、滞在する宿の場所をギルドに報告するのを忘れるなよー」

全員で退室する最中、俺は最後に発したウェスカーの一言が気になっていた。

今まで、誰もジュノーがダンジョンコアだってわからなかったのに……。

なんであいつは一発で見抜いたんだ。

ゴードとのやり取りを見る限り、食えない奴だってことは確かである。

少し警戒しておいても良いかもしれないな。

# 第五章　パーティーを組むか、組まないかの話です

さて、ギルドでの話が終わってからは互いに間借りしている宿へと帰ることになった。

「いいか！　夕方には送別会と再会を祝う会を開くぞ！　集合場所はトウジの部屋だ！」

「トウジさん、色々と買い出しをしてから向かいますね！」

「うん、とりあえず場所はここだから」

地図を片手に、俺の住んでいる部屋の場所を伝える。

イグニールはすでに場所を知っているから、改めて言わなくてもわかるはずだ。

「ノード、やっぱり部屋の飾り付けを俺も手伝った方が良いんじゃないか？」

「ガレーさん、良い歳こいてそれはもうやばいですって」

「なんだと！　普通送別会とか歓迎会とかってのは、部屋を飾り立ててから大きなケーキをみんなで囲って食べ、色々なレクリエーションを楽しむものじゃないのか⁉」

いや、小学生かよ。

もうお互いそんなことをできる歳じゃないってのに……。

「飾るんだし！　逆に何で飾らないし！」

「ほら、ジュノーもそう言ってるだろうが！」

くそ、うるさいのがタッグを組みやがった。

俺の部屋でやるってことは、飾り付けは自ずと俺の担当となる。

自分の送別会の飾り付けを自分でやるのって、すごく精神的にキツい行為だ。

絶対にやりたくないのだが、そうなればジュノーが数日文句を垂れるだろう。

「わ、わかったよ……飾るよ……」

他に選択肢なんかありゃしない。

なぜ俺の部屋になったのかというと、ガレーとノードの部屋より広いからだ。

イグニールの部屋もそこそこ広いらしいが、女性の部屋に男が連れ立って入るべきではないというガレーのもっともな意見によってなしになり、残された俺の部屋になったのである。

店を利用するという手段もあるのだが、みんなポチの料理を食べたいんだとさ。

俺もその意見には賛成だ。

インベントリには大量の食材が有り余っているから、この機会に解放しよう。

海の幸、山の幸、なんでもござれのインベントリだ。

「じゃ、また後で～！」

手を振るノードとガレーを見送って、俺たちも部屋を飾るために戻ろう。

「あれ？　イグニールもこっちだし？」

部屋に戻る俺たちと同じ道を歩くイグニールに、ジュノーが気付いた。

「ええ、こっちよ」

「なら割と近いところを借りて住んでるんだ？」

「そうね、近いっていうか、なんていうか……」

「？」

なんだかはっきりしない言い方だが、ジュノーももっとイグニールと一緒に過ごしたいみたいだから、そのまま途中まで一緒に帰ることにした。

そんな道中で、俺は彼女と他愛もない話をする。

「そうだイグニール、改めて言うけど」

「な、何かしら……」

「Sランクおめでとう、すごいね」

「おめでとうだしイグニールーッ！」

「アォーン！」

俺と一緒にジュノーとポチも祝福して、イグニールはやや恥ずかしそうに頬を掻いた。

「まあ、なりふり構わず依頼をこなしてたら、いつの間にかなってただけよ……」

「結果的にそれでSランクなんだから、すごいよ」

彼女は謙遜しているが、実力と運の両方を兼ね備えていたからこその結果である。

なりふり構わず依頼をこなしてSランクになれたら、みんなSランクだ。

「違うの本当に、いきなりAからSだなんて私も実感なくて！」

「そうなの？」

「うん、サルト専属っていう形でのSランクだから……どっちかっていえば、他の真っ当なSランクとは違って私なんて、なんだろう……紛い物みたいな感じ……？」

「あーなるほど」

この町の専属っていう条件の上でのSランクってことね。

それなら、こんなに早くランクアップしたのも頷ける。

「でも、この先ギルドの財産になるって思われたんだから十分だよ」

それだけの価値があると知らしめたイグニールの実力だ。

「そう、かな……？」

「そうだよ」

しかし、あまり自信がないのか、少し不安そうに髪をいじるイグニール。

地位が上がると、それに伴って責任も増えるから不安になるのもわかる。

ま、万年フリーターだった俺が責任に関してとやかく言うのは説得力皆無だけどな。

とにかくロック鳥を仲間にしても、特殊個体っぽいオーガを倒しても、俺はまだAランクにすら上がれてないんだから、限定的でもなんでもSランクはすごいことなのである。

「専属の話は断って、真っ当にSランクを目指すのって……トウジはどう思う？」

「もう決まった話じゃなかったの？」

二つ返事でSランクの話を受けたかと思ったが、少し違うようだ。

「実はSランクって言葉に舞い上がっちゃって、専属のことは聞いてなかったのよね。今はごたついてるからまとめ役としてSランクに身を置いてるけど、条件が嫌だったらいつでも撤回して良いって言われてるから……」

今回の騒ぎに便乗して、イグニールを囲い込もうとしてるっぽい。

確かに、俺がギルドマスターだったら良さげな奴は囲い込むしな。

「撤回したらただのAランクだけど、こっちは実力でもぎ取ったAランクだから安心して？」

「なるほど」

何を安心すれば良いのかわからんが、実利を取った方が得策ではないかと思う。

「イグニールとしては、専属Sランクの方がAランクよりも稼ぎは安定するよね？」

「まあそうね、専属報酬も出るし」

「だったら」

「ねえ、トウジ」

専属Sの方が良いんじゃないか、と言おうとしたところで言葉を止められた。

「トウジとしては、どうなの？」

「……」

そう聞かれてもな……返答に困るだけだ……。

正直、イグニールが専属という形になってしまうと、俺がギリスに戻った際、彼女とはパーティーを組めなくなってしまう。

色々な騒動をともにして、冒険者の中では唯一気心が知れた関係だ。

ジュノーやゴレオとも仲が良く、俺も彼女とパーティーを組みたいのが本音である。

サルトを旅立った後に、あの時彼女をパーティーに誘っておけば良かったか、と幾度となく後悔したくらいなんだ。

でもなあ……。

そんな彼女だからこそ、友達だからこそ、俺のわがままで今の出世街道の邪魔をしちゃいけないな、なんて思うのだ。

考えども考えども、どんな返答を切り出せば良いのかわからない。

この問いかけに、最良の答えなんて存在しているのだろうか。

勢いでガーッと自分のわがままを押し通せるなら良いんだが、もうそんな歳ではない。

相手の立場とか、色々と考えてしまう。

定まらない思いがぐるぐると渦巻いて、知恵熱が出てしまいそうだった。

「ねえトウジ、どこまで行くし？」

「アォン」

「……へ？」

ジュノーとポチの声で、思考の奥底から引き戻される。

どうやら必死に考えている間に、間借りしている宿に着いていたようだ。

「すまんイグニール、こんなところまでついて来させてしまって」

「あ、良いのよ。私もここ借りてるし」

「そうなんだ？　奇遇だね」

インベントリから部屋の鍵を取り出しつつ、イグニールの部屋どこなんだろうな、なんて思っていると、なんと彼女の部屋は俺の借りている部屋の隣だった。

つまり、過去に俺が住んでいた部屋である。

「えっ⁉　イグニール隣だし⁉　びっくりしたー！」

俺もびっくりした。

「ねえ、遊びに行っても良い？」

「良いわよ」

「トウジ、ちょっとイグニールの部屋に遊びに行ってくるし！」

「あ、うん。ゴレオも出そっか？」

楽しみにしていた部屋の飾り付けはどうするんだと思ったが、まあ良いか。

ゴレオもイグニールと会えるのを楽しみにしていたし、時間まで三人で過ごすと良い。

「早く出すし！　三人でお話するし！　はよ、はよ！」

「待てって」

さっそく召喚されたゴレオは、目を輝かせてイグニールに抱擁した。

グワシッとゴーレムに抱きつかれたら、普通の人間は恐怖すると思うのだが、彼女はまったく驚きもせずに優しくゴレオを抱き返していた。

俺ならビビって図鑑に戻すレベルなのに、さすがイグニールである。

「行こっ」

「……！」

「はいはい」

人様の部屋だというのに、ゴレオを連れて遠慮なく入っていくジュノー。

やれやれと思ったが、今だけはそのムードメーカーな気質に助けられた。

「トウジ、またゆっくり時間が取れる時に話しましょ？」

「え、あ、うん」

自分の部屋へと帰るイグニールを見送る。

さっきの話、まだ続くのか……気が重いなあ……。

実力に見合わないからと、専属Sランクの話を断ろうとする彼女の姿を見ていると、未だにBランクの俺が彼女をパーティーに誘うのは誠実ではない気がした。

「とりあえず、部屋の飾り付けでもするか」

「オン……」

悶々とした気持ちを切り替えるべく呟くと、ポチから呆れたようなため息が聞こえる。

なんだよ……どうすりゃ良いんだよ……。

「そうだ、こういう時はキングさんに話を聞いてみるか」

そう思って図鑑を開くと、こんな言葉が返ってきた。

《知らん、甲斐性なしにくれてやる助言は一つもない》

……ひ、ひどい。

◇　◇　◇

それからシュールにクサイヤチーズを作らせつつ、ガレーとノードが来るまでに部屋の飾り付けなど送別会の準備を整えておいた。

ポチが作ったオードブルは、俺のインベントリにしまっておく。

色んな料理が盛られた皿は圧巻で、早くみんなで囲って食べたい気分だ。

俺のおすすめはカニクリームコロッケとマカロニチーズグラタン。

カニとチーズを食べつつ、サルトを離れてからの俺の旅路をみんなに話そうか。

食い物関連が話の種になるって……俺の旅路は食い道楽か？

「オードブルを見た感じ、着々とレパートリーを増やしてるな」

「オン」

もう料理を始めてそこそこ経つぞ、と言わんばかりに胸を張るポチ。

まだ一年も経ってないのに、ものすごい吸収力である。

「フグ刺しに、サンダーイールの洗いもある……一応霧散の薬を準備しておくか」

「アォン！」

「いや、ポチの腕を信用してないってことじゃないよ、念のためだってば」

「オン」

プリプリ怒るポチを宥《なだ》めるように抱きかかえて、ソファに座る。

パーティーの準備をしたが、頭の中には別のパーティー問題が未だに渦巻いていた。

作業をしても気分は晴れない、逆に名前が一緒だから思い返してしまう。

「……どうしたら良いんだろうな？」

「……アォン」

まだ悩んでんのか、とポチは再びため息を吐く。

悩むに決まってんだろうに。

「アォーン」

「え、キングさんの言葉を良く考えてみろって？」

甲斐性なしと言われてしまったことか。

甲斐性ってのは、いわば生活力がある男を指す言葉みたいなもんだよな？

……あるだろ、甲斐性。

イグニールと将来パーティーを組むかもしれないから、ギリスに滞在している間に彼女用の装備もちゃんと作ってある。

もし見た目が気に入らなかったとしたら、彼女がいつもつけている装備にカナトコで見た目を写すことだって可能なんだから、これは甲斐性だ。

そして、俺のインベントリのケテル残高を知らんのか。

そろそろ3億近い額が貯まろうとしているぞ。

数字だと300000000ケテル、白金貨換算だと三百枚だ。

「これのどこが甲斐性なしなんだ！　甲斐性じゃないのかこれ！」

「アォン……」

またポチのため息。

そういうことじゃないんだよ、と言っているようだが……。

「俺もわかってるよ、そんなこと」

まるで金でイグニールを釣ってるみたいじゃないか。

さすがにそれはダメだろう、と反省する。

あるに越したことはない、が俺の求める関係性ってそこじゃないんだよな。

「はあ……どう答えりゃ正解なんだ……」

ぶつぶつ呟きながらテーブルに「の」の字を書いていると、ドアが開いた。

「うわっ！　すっごい繊細かつ丁寧で豪華な飾り付け！」

「おおおおおっ！　これこそ俺の理想の会じゃないか！」

イグニールかと思ったら、手土産を持ったガレーとノードだった。

彼らは部屋の飾り付けに驚いているが、俺はステータスを満遍なく上げているからね。

DEX値もかなりの補正を受けて、俺の手先の器用さはそこそこのもんなのだ。

「ん？　トウジだけか？　イグニールはどうした、まだ来てないのか？」

「ああ、ジュノーやゴレオと一緒に隣の部屋にいるよ」

「隣？」

「俺が間借りした部屋が、たまたまイグニールの借りてる部屋の隣だったから」

「へぇー、お隣さんだったたんですね？」

「たまたまね」

ガレーとノードの言葉に適当な返事をしていると、不意にガレーが顔を近づけた。

相変わらず頬が痩《こ》けている。

「隣同士とは、まさに運命じゃないか。で、イグニールのことはどうするんだ？」

「はあ……？」

「すっとぼけるなよ。お前はまだイグニールがソロでいる理由を知らんのか？」

いや、手紙に書かれていたから知ってる。

重要なのは、なぜそのことをガレーが知っているのか、だ。

「イグニールから聞いたの？」

「いや、別に聞いちゃいないが」

「ならなんで？」

「傍《はた》から見てて、なんだかもどかしかったんですよね？　ガレーさん」

「俺たちはお前らが何で一緒にならないんだと、ずっと疑問に思っていたぞ」

どうやらガレーとノードは色々と察していたようだった。

立ち話もなんだし、とポチが軽いつまみや酒を運んでくる。

「わあっ、ありがとうねポチくん」

「感謝するぞ、ポチ」

酒を一口飲んで、ガレーは再び話し始めた。

「お前らはベストパートナーだぞ？　お互いを信頼しあえて不和もない。Cランク昇格依頼の時、この二人が組んだらものすごいパーティーになると確信したもんだ」

だからあの時、一か八かパーティーに誘ってみたんだ、とガレーは言う。

「来るか来ないかはさておいて、とりあえずよくわからん微妙な距離感のまま、お互いまったく近づこうとしないお前らのことを考えて誘った部分もあるんだ」

「異性同士のパーティーってなんだか気軽に組めないもんですしね。周りからなんか勘違いされちゃったり、パーティーメンバーを増やす時に敬遠する冒険者も多いそうです」

「夫婦喧嘩は犬も食わないっていうからなあ。やはり基本は野郎同士でパーティーを組んだ方が俺は良いと思う。今までの経験則から言ってな」

「そうですね！　イグニールさんみたいにできた方じゃない限り、異性のパーティーメンバーはちょっと……うぅ、思い出すだけでも寒気が……」

話しているうちにCランク昇格依頼の一件がフラッシュバックしてしまったノード。

トラウマってのは、恐ろしいもんだ。

「しっかりしろノード、俺がいるから心配するな」

「ガレーさん……いつも頼りにしてます……」

……お、おい、なんだか二人の会話の雲行きが怪しいぞ。

見つめ合うなよ、何やってんだよ。

酒が入ってるからといって、何をやっても許されるってわけじゃないんだぞ。

エリカというとんでも女にしてやられた二人だから、男に走り始めたのか？

女性への危機意識が、一周回っておかしな方向へ突っ走ってしまっている。

「お前ら一旦離れて、水飲めよ」

パーティー前に、それどころじゃなくなってしまうだろうが……。

テンション下げさせんなよな。

しかし、こいつらの言っていたこともわからんでもない。

もしイグニールをパーティーに誘って、もし二つ返事でオッケーをもらえて組んだとする。

その後、なんか険悪になってしまって、今の関係性が崩れたらどうするんだ。

若気の至りとかもう通用しないから、それを考えるとなかなか動き出せないのである。

「……って、意味深な言葉使ってるけど、たかがパーティーを組むか組まないかだよな？」

高校生の青春物語か？

そう言うと、ガレーが言葉を返した。

「たかが、ではない。冒険者を続ける上で、やはりソロでは限界があり危険だ。力を合わせ連携を取るというのは、冒険者として生き残っていくために、非常に大切な要素なんだ」

つまみの干物を齧りながら、ガレーはさらに続ける。

「お前にはポチやゴレオなどの従魔がいるからソロでもパーティーとして成り立つが、イグニールはどうだ？　お前以外とは絶対に組まないという意思を貫いて未だにソロだぞ？　立派な意思だが、そのこだわりは、一歩間違えれば命取りになる危険性だって大いにある」

「……」

黙ったままの俺に、ガレーは真剣な表情で言った。

「友達が死ぬことは許さん。お前が何を考えているか知らんがな、再び一人で遠くへ行くと言うのならば、俺とノードのパーティーに是が非にでもイグニールを説得して加入させるぞ」

「まあ、説得して入ってくれるかわかりませんけどね？　鉄のように固い意思ですし？」

「それに関しては色々と考えてるさ。俺らが危険な依頼を受けたことを告げてサポートを頼めば、イグニールは必ず助力してくれるだろう。それを何度も繰り返すことによって事実を作り上げていき、なし崩し的にパーティーに入ってましたパターンがもっとも有効だ」

た、確かにその方法ならイグニールをパーティーメンバーにできそうだ。

ともかく、ガレーの意見はごもっともだ。

イグニールは、彼女は約束を守り続けていて、俺はそれに答えを出せていない。

キングさんの甲斐性なしって言葉は、そんな俺の心を見透かしていたのである。

別に告白するしないの話じゃないんだから、もっとフランクに誘ってみようか。

「俺だって、イグニールが危険な目に遭うのは嫌だしな」

「だったら何を尻込みしてるんだ。とっとと組んじまえ」

「わかったわかった。そろそろイグニールたちも来るからこの話は一旦切り上げよう」

この話題を引きずったまま、イグニールに会うと気まずいから話題を変える。

「そうだ。ガレーとノードにお土産があるから受け取ってくれ」

「なんだ？」

「なんでしょう？」

きょとんとする二人に、俺はインベントリからとあるものを取り出して渡した。

とあるものとは、根性の指輪に、適当な腕輪の見た目を写した代物である。

言うなれば、根性の腕輪ってところだ。

友達とはいえ、男に指輪を渡すのはなんだか気持ちが悪いのでね。

「ＨＰが六割以上残ってる時なら、即死クラスのダメージを受けても耐えてくれるよ」

「ほお、それはすごい装備だな！」

「つまり、一回だけ死亡を防げるってことですか？　す、すごい！」

「ポーションと併用すれば何回でも即死を防げるから、肌身離さずつけといて」

「だが、連続攻撃とかぶっ飛ばされて転んでしまえばＨＰ１なんか容易に削れるのでは？」

ガレーの心配もわかるが、大丈夫だ。

「だいたい五秒くらいダメージを一切受けない時間が入るから、その間に回復すりゃいい」

「……なんだこの装備は、どこで手に入れたんだ？」

「それは秘密ということで」

そう言うと、ガレーとノードは渋々納得していた。

俺ならそんな装備を持っていてもおかしくないと判断したようである。

「俺たちからも何か渡せるものがあれば良いのだが、この腕輪以上のものはないぞ」

「良いよ。こうして仲良くしてくれるだけで俺は十分だし」

住んでる場所は離れていても、友達がいるってだけで心強いからな。

「トウジ……これは俺の第二の形見とする」

「ガレーさん、まだ死んでませんから失礼ですよ」

用事が終われば俺はギリスに戻るだろうし、そしたらしばらく会うこともなくなるだろうから形見と似たようなもんである。

「ちょっと、何先に始めてるのよ。みんな揃ったら呼んでよね？」

そんな小言とともに、ようやくイグニールがジュノーたちを連れて部屋に入ってきた。

よし、全員揃ったことだし、楽しいパーティーの始まりだな。

あの時できなかった送別会兼再会を祝う会が終わったらイグニールにも渡そう。

その時、パーティーに誘ってみようか。


ポチの用意した様々な料理をテーブルに並べ、囲うように全員でソファに座る。

部屋の飾り付けも合わさって、なかなか良い雰囲気になっていた。

「えー……では、俺が乾杯の音頭を取り仕切らせていただく」

ガレーがエールの入ったジョッキを片手に立ち上がる。

「今回はあれだな、以前トウジが俺たちに何も言わずにこの町を出て行った時の送別会であり、こうして全員で生きて再会できたことを祝う会なのだが、それはトウジだけではなく全員に言えることだ。冒険者である以上、一期一会は付きものだし、そのままどんどん人が欠けていくということも多々ある。だからこそ、だ。今この一瞬の機会にこうしてそれぞれが――」

「――長い！　かんぱいだし！」

『かんぱーい！』

「あっ、こらっ！　ジュノーめ、俺の話がまだ……まあ今回は許しておくことにするか」

ガレーは相変わらず話が長い奴なのだが、それでもかなり丸くなったもんだ。

ノードが良いブレーキ役として存在してくれているからだろう。

「ガレーさん、口元にカニクリームがついてますよ」

「ん？　ああ、感謝するぞノード」

怪しげな一幕はさておいて、この二人を見ていると信頼できる存在は大きいもんだ。

ギリスに戻ったら、ポチたちのためにいてくれてありがとう会でも開こうかな。

俺の日頃の感謝の気持ちをなんとかして伝えたい。

「トウジ、あの二人って一緒にパーティーを組み始めてからさすがに仲良過ぎじゃない？」

「そ、そうか？　まあそんなもんだろ」

ガレーとノードの絡みを見たイグニールが耳打ちする。

カニクリームコロッケ楽しみだったけど、なんか食べる気が失せてしまった。


それから、楽しいパーティーナイトはつつがなく進んでいく。

それぞれが今までの冒険者生活で何があったかとか、とんでもない目に遭ったとか、体験した事件や珍事を話し合い、良い感じに酒も入ってきて笑いが絶えないパーティーだった。

「これが俺の正義の鉄槌だ！　……って叫びながら盗賊の頭領に風魔法を叩き込んだら、思いの外叫び過ぎててそのまま顎が外れてしまってな……」

ちなみに、今はガレーの顎がどうしてああなっちまったのか談議である。

「そこから癖になっちゃったんですよね！」

「癖になったのはお前が俺の後頭部を何度もぶん殴るからだぞノード！」

顔を真っ赤に立ち上がって憤慨するガレー。

「バカになったらどうするんだ！」

「大丈夫ですよ。前よりまともになってますんで！　それに加減はしてますから」

「加減……だと……？　まるで意図的に俺の顎を外しているような……」

「まあ良いじゃないですか。飲んでください飲んでください」

「ううむ……？」

ガレーもノードも、かなり酒が回り始めてるようだ。

顎が外れたきっかけなんて、誰も求めてないだろうに……。

面白かったけど。

「しかし、どの料理もうまいな！」

「ですねぇ、またポチくんの料理を食べることができて、僕は幸せ者です」

「アォン」

前よりもさらに腕を上げたポチの料理を褒める二人。

ポチも満更でもなさそうに、笑みを浮かべていた。

「しかし、この薄い切り身はなんだ？　魚なのはわかるが」

「ああ、それはフグの刺身だよ」

さらっと答えると、ガレーは飲んでいた酒を吹き出した。

「フグだと!?　猛毒じゃないか！　なんつーもんを！」

「大丈夫大丈夫。毒がある部分はポチが完全に取り除いて調理してるからね」

「オン！」

「ならばポチの腕を信頼してフグ一気食いだ！　この寿司というトガル首都で有名になっている料

理も、実は食べてみたいと思ってたんだ――っつぁぁあああああ!?」

フグ刺しの後、隣に並ぶ寿司にパクついたガレーだが、突如悲鳴を上げて仰け反った。

「あっはっはー！　見て見てイグニール！　引っかかった！　引っかかったし！」

「す、すごいわね……私にはしないでね……？」

ガレーの様子を見て腹を抱えて笑うジュノーと呆れるイグニール。

どうやら、ジュノーがわさびを大量に仕込んでいたらしい。

「ジュノー！　貴様、何をした！」

「わさびを入れただけだし！　ジュノー式つんつんわさびルーレット寿司だし！」

「こ、このぉ……涙が止まらんだろうが！」

泣きながらジュノーを睨むガレーの顔は、今世紀最大の面白さだった。

しかし、ゲリラでなんつーことをしているんだ。

俺やノードが引っかかっていた可能性も存在するだろ……。

「ジュノー、他にも仕込んでたりする？」

「うん、トウジには特別に教えてあげるけど、あと一個あるし」

「……どれ？」

「それは教えなーい！　えへへへへ！」

ガレーの反応を見るに、すごい量のわさびが仕込まれているはずだ。

容赦のない罰ゲームに戦慄しながら自分の皿を見ると、ポツンと一貫だけ寿司があった。

ここで問題なのが、俺はまだ寿司には手をつけていないという事実。

これはもしや、と触ってみたら【握り寿司（わさび大量）】と表示された。

まさかのダイレクトアタックか！

ちらりとジュノーに目を向けると、ニヤニヤと期待の籠もった目で俺を見ている。

なんかむかついたので、ガレーの分も俺がお返ししてやろう。

「ジュノー、パンケーキがなあ？　確かアレでなあ？　ヤバいんだわ」

「なになに!?　パンケーキがアレってどういうことだし!?　何がヤバいし!?」

目をパンケーキにして寄ってきたジュノーを掴んで、口に寿司をねじ込んでやった。

「――っしぃぃぃぃぃぃぃいいいいいい!?」

空中で鼻と口を押さえながらビクンビクンと仰け反るジュノー。

いい気味だ。

「な、何するしっ!?」

「料理を粗末にするのはダメなんだぞ？　ポチが怒るからな」

俺が仕返ししなかったら、ポチがジュノーの口に直接わさびを入れていただろう。

後ろでこっそりスプーンにわさびを盛ってる姿を見たからね。

「でもお！　ポチだってビリビリ小籠包やったし！」

「ポチは加減がわかってるから良いの」

それにドキドキを楽しむために全員が同意したんだから、アレはオッケーなの。

間違ってもゲリラでやっちゃダメなんだ。

「パンケーキに変なもんを仕込まれても知らないぞ？」

「むぐぐ、それは困るからやめるし……」

「お利口さん」

俺たちはポチに胃袋をガッチガチに掴まれている状況である。

逆らったら怖いってことを心しておかなければならないのだ。

「アォン」

「ほら、ポチが口直しに食べろってさ」

「バニラアイス載せパンケーキだあああ！　わーい！」

怒られてシュンとしていたジュノーだが、ポチがしっかりアフターケアを用意していた。

さすがポチである。

「あら、私にもくれるの？」

「アォン」

「ありがとう、ポチ」

ポチが締めのデザートを持ってくるってことは、そろそろ良い時間か。

まったく、楽しい時間は過ぎるのが早いなあ。

◇◇◇

ぐでんぐでんに酔っ払ったガレーをノードが肩で支えて部屋を出る。

俺も見送りに宿のエントランスまでやってきていた。

「大丈夫か？　帰れるか？」

「大丈夫です。僕は昔から父さんに飲まされて慣れてますから」

「いや、ガレーの方なんだけど」

鼻提灯を出しながら、ぶつくさ文句を言い続けている。

寝てるのか起きてるのかわからない。

「相当楽しかったみたいですね。年甲斐もなくかなりはしゃいでましたし、もともとお酒を飲み慣れてないそうですから、こうなるのも仕方ないと思います。明日がつらいと思いますが、どうせ待機命令で暇ですし」

「だったら良いんだけどね。今日はありがとな、ほんとに」

「いえいえ、美味しい料理や楽しいお話を振る舞っていただきありがとうございました。事が終わってまたギリスに戻る時がきたらまた送別会を開きましょう」

「そうしようか」

また勝手に出て行ったらガレーが手紙で文句を言うに違いないからな。

「では、おやすみなさいトウジさん……頑張ってくださいね？」

「お、おう……？」

なんだか意味深なことを言って、ノードはガレーを背負って行ってしまった。

イグニール関連のことだと思うが、そこまで気を張るほどのものだろうか？

ただ、パーティーに誘うんだよな？

「ああ、でもあれか……」

そうなれば、色々面倒なことに巻き込んでしまうかもしれない。

まずはその説明からしなきゃいけないのか。

今まで隠していた自分のことを話すとなると、さすがに緊張してきた。

果たして全てを伝えた時はどうなるんだろう。

引かれるか引かれないか、敬遠されるかされないか。

それを考えると地味に怖かった。

いっそのこと何も伝えないでパーティーに誘う案もあるが、それはそれで嫌だ。

パーティーという近しい関係で、俺が自分の秘密を隠し通せる自信がない。

「やっぱり、まだBランクだし誘うのはAランクになってからが……」

いや、それじゃ遅過ぎるか。

何かにつけて理由をつけて逃げたがる自分が、この時ばかりは嫌になった。

ガレーも言っていた通り、職業柄こうして再び揃って会えることなんて滅多にない。

何度も何度も後悔したんだ、今言わなかったらまた後で後悔するだろう。

「よし、誘うぞ。でも先に後片付けだけしとくか」

これは逃げではない、戦略的な思考の切り替えだ。

そんなわけのわからない言い訳を唱えながら部屋に戻ると、ポチたちと一緒にイグニールも後片付けを手伝ってくれていた。

「ゆっくりしてて良いのに」

「準備を一人でさせちゃってたから、このくらいは手伝わせてよ」

「ありがとう」

ジュノーのわがままを聞いてもらってただけでも、俺としてはありがたいんだけどね。

「ねー、これもう捨てちゃうし？」

空を飛べるジュノーが、紙製の輪っかを繋げた飾りをカーテンレールから取り外しつつ、名残惜《なごり》しそうにしていた。

カーテンのシャーが気になるのか、何度も指でシャーシャーしている。

「捨てるよ。っていうか、うるさいからシャーシャーやめて」

「えー、なんかもったいないし。っていうかこのシャーシャーしてるのってなんなの？」

「確かランナーだったかな？」

いや、そんなことはどうだって良い。

皿を片付けたテーブルの上に置いといてもらおう。

「また作れば良いし、その時はジュノーも手伝えよ」

「うん、ギリスの家でパーティーする時は参考にするし」

「頼むわ」

ダンジョンコアだったら、一つ一つ輪っかを繋げなくても一瞬で作れそうだ。

みんなで片付けをすると、俺が準備をした時よりも倍以上早く終了する。

「ふう、だいぶ片付いたな……」

余計な椅子やテーブルを全部取っ払って、シンプルな家財のみが置かれた部屋となった。

先ほどまでの賑やかさと比べると、いささか寂しく思えてくる。

「オン」

ポチがテーブルに温かい飲み物を用意してくれていた。

イグニールの分もあるのだが、これは御膳立てしているつもりか？

いや、単純に片付けを手伝ってくれたお礼だろう。

……いかんな、変に意識し過ぎている。

「ありがとう……イグニールの分もあるから温かいうちに飲んでってさ」

「あらそう？　なら遠慮なくいただくわね」

対面してソファに座って、お互い飲み物を口に含む。

「……」

「……」

む、無言が気まずい。

何か話すきっかけがあれば、ガレーたちに渡したような装備をイグニールにも渡すことができるのだが……。

もういっそのこと、なんの脈絡もなしに「はいこれ」って渡してみるか？

そしたら装備の説明で話すきっかけになるし。よし、その作戦で行こう。

「――イグニール」

「――トウジ」

「「あっ」」

被ったぞ。

これは想定外だ、とりあえず譲ろう。

「先に話して良いよ、何？」

「先にいいわよ？」

「「……」」

そして余計に気まずくなった。

穴があったら入りたいとは、このことである。

「……えっと」

「……くっ、くふふふふ」

冷や汗まじりに頬を掻いていると、イグニールはくすくすと笑い始めた。

「え？　な、何……俺何かした？」

「いや、違うの。ただ、お互い前にみたいな距離感を掴めない状況なのがなんか笑えただけ」

「ああ、そうなんだ」

「あなたは気を遣っていつまでも話すのを譲りそうだから、私から話すわね？」

「ど、どうぞ」

何を話すんだ、俺は何を話されるんだ。

良いことなのか、悪いことなのか。

「改めて言い損ねてたことっていうか」

イグニールは、真っ赤に燃える瞳で俺を見つめて頭を下げた。

「……二度も助けてくれてありがとう。はあ、ようやく言えた」

彼女の口から出たのは、手紙に書いてあった言葉。

「いやいや、そんな」

「あと、私からまだ何も返せてなかったと思うから、先に渡しておくわね」

そう言いながら、イグニールは自分の荷物入れからペンダントを取り出した。

白銀でできたチェーンの先には、真っ赤な宝石が一つ輝いている。

真っ赤な宝石の中には、炎のようなものが淡い光を放ちながらゆらゆらと動いていた。

「すげぇ、何これ……？」

「色々と話せば長くなるんだけど、前にトウジが大事に持っておいた方が良いって言ってた形見の杖のことは覚えてるかしら？」

「ああ、あれね」

「少し前の依頼で、私はその杖に救われたのよ」

それはイグニールが単独で魔物の分布調査に向かった時のことだった。

少し深入りし過ぎて大量の魔物に取り囲まれ、絶体絶命のピンチがあったそうだ。

死を覚悟した最中、杖からイフリータが出現し助けてくれたとのこと。

「その時、イフリータが加護としてこれをくれたのよ」

「へぇ……」

装備の効果を考えて、助けに来てくれた部分は説明がつくのだが、その後加護として使用者に装備を渡すだなんて聞いたことがない。

ゲームの中じゃ、まずありえない出来事だった。

「これをもらった時、トウジに渡そうって決めたの」

「え!? いやいやいや、そんな大事なものはイグニールが持っときなよ！」

火の精霊がくれたもんなら、火属性であるイグニールが持った方が良い。

しかも形見の杖から出現した精霊からもらったものって、それも形見の一つだろう。

「二つもらったから大丈夫」

イグニールはポケットからペンダントを取り出して、俺に見せてくれた。

二つもくれるだなんて、精霊は太っ腹である。

「しかもこれ、トウジに渡せって言っていたも同然なんだから、良いの！」

「は、はい……」

受け取りなさいと強く言われ、俺はペンダントを受け取ることになった。

それにしても、俺に渡せと言っていたも同然ってどういうことなんだろう。

「イフリータはなんて言ってたの？」

「そ、それは秘密！　とにかく私の気持ちだから！」

「後生、大事にするよ」

イグニールからのプレゼントなんて、家に神棚でも作って祀《まつ》っても良いくらいだ。

何か隠し事がありそうだが、俺も色々隠してるし気にしないでおこう。

「イフリータは、トウジなら上手く使えるはずだとか言ってたわよ？」

「ふむ」

取り急ぎ、このペンダントの詳細を確認してみるか。

【イフリータの霊核】成功確率：25％

霊装化のスクロールが成功した武器に使用すると、イフリータの力を借りて強力なスキルと潜在能力を持つことができる。使用に失敗すると武器が破壊される。

＝＝＝＝＝＝

潜在能力：ＩＮＴ＋5％（霊気マックス時：ＩＮＴ＋10％）

スキル：劫火《ごうか》の化身

スキル効果：火属性スキル使用時のみ魔力＋１００％／六十秒

——ふぁっ⁉

ちょっと待て、なんだこれは！

って、チェーンの方もなんか詳細が表示されたぞ。

【超化のペンダントチェーン】成功確率：１００％

精霊の半身にて作られたもの。

使用した装備はスペリオル化する。


――ふぁふぁふぁふぁのふぁっ⁉


言葉を失った。

マジで、どういうことだ、どういうことだ、マジで。

「トウジ、固まっちゃってるけど、どうしたの……？」

「い、いやなんでもないよ！」

ペンダントの赤い宝石がイフリータの霊核ってのもそうだが、ペンダントチェーンがスペリオル化するためのアイテムって、本当にどういうことだよ。

こんなのネトゲの世界にはなかったってばよ。

「イグニール、素敵な贈り物をありがとう」

混乱しながらも必死に心を落ち着け、表情を取り繕ってなんとかお礼を告げる。

「いいの、逆にこれくらいしかできなくて申し訳ないというか……」

「いやいやいやいやいや！」

どんな効果なプレゼントよりも、価値のあるものだと思う。

俺にとっては、これは最高のプレゼントだ。

イグニールからのってのもさることながら、これには心が躍る。

「そうだ、俺も渡すものがあるんだ」

彼女からとんでもないものをもらってしまった次は、俺のターン。

これを渡して、色々と打ち明けよう。

そ、そしてパーティーを組もうって……言うんだ！

「何かしら？」

少し頬を紅潮させながら首を傾げるイグニールに、まずは不屈の指輪を渡す。

彼女のレベルはあれからぐんと上がって、70を超えたあたり。だとしたら、必要レベル70の不屈の指輪が装備できるからね。

「え……これ……」

「これはＨＰが40％以上残っている状態だと、ＨＰ１で絶対耐える効果を持つ指輪。その後だいたい五秒くらいダメージを受けない時間を挟むから、その間にＨＰを半分以上回復できれば、もしもの時に安心だよ」

女性に指輪を渡す経験なんて初めてだったから、なんか恥ずかしくなって早口でベラベラと指輪の説明をしてしまった。

ちなみに、ガレーとノードの分には用意できなかった潜在能力もつけてある。

ＩＮＴ＋15％が三つ揃った、45％アップのユニーク品だ。

不屈の指輪は見た目が少し無骨過ぎるから、なんか女性が好きそうなっていうか、イグニールに似合いそうな真っ赤な宝石がついた指輪をギリスの宝石店で購入し見た目を写してある。

「……」

俺の説明を聞いて絶句するイグニール。

やり過ぎたとは思っていない。

これくらいしてなんぼの装備製作系チートなのだから。

特に周りの大切な人には、過剰なくらいがちょうど良いのだ。

「と、とんでもない効果がある上に魔装備って……これいくらするのよ……？」

絶句から、指輪を見つめて難しい表情を作るイグニールだった。

「またこんなものをもらって、これ以上何を返せっていうの……」

「返す必要はないよ。別に高価な代物じゃないからね」

「でも」

「その指輪も含めて、後で詳しい事情を話すから」

だから受け取って欲しいと告げると、イグニールは神妙な面持ちで頷いた。

「……ねぇ、つけてみてもいい？」

「うん、どうぞ」

さっそく指輪を右手薬指にはめたイグニールは、嬉しそうな表情で手をくるくるとさせて、色々な角度から指輪を見つめていた。

嬉しそうで良かった。

「似合うかしら？」

「う、うん」

思わず見惚《みと》れて口籠もってしまう。

控えめに言ったとしても、とんでもなく似合っていた。

彼女には、やっぱり赤が一番だ。

「他にもイグニールに渡すための装備とか色々用意して来たんだ」

「え、まだあるの？」

「うん」

ＩＮＴ％アップか、全ステータス％アップで揃えたユニーク等級装備がフルセットであります。

デザインが気に入らなくても、今つけている装備に見た目を写すことも可能だ。

「なんだか驚きを通り越して呆れてきたっていうか……トウジだから仕方ないわね……」

俺だから仕方ないって、どういうことだ。

どいつもこいつも、人がもうやり直しが利かない場所にいるかのような言い回し。

確かに、二十九歳フリーターは一般的にはやり直しが利かない類だけどもさ……。

そんなこと言ったってしょうがないじゃないか。

俺には装備とポーションを作ることしかできないんだもん。

「あとさ」

「ま、まだあるの……？」

「いや、これはプレゼントとかじゃなくて、帰り際の話の続きなんだけど」

そう告げると、先ほどまで苦笑いだったイグニールの表情がスッと真剣なものになった。

よし、言うぞ。

「ごめんイグニール、俺まだBランクで……手紙で約束したのに……」

それでも良いなら、と言葉を続けようとしたところで、きょとんとした顔のイグニールの顔が見えて言葉に詰まってしまった。

「ちょっと待ってトウジ、約束ってなんの話？」

「え？　いや、パーティーを組む上で」

「はあ？　なんでそこにトウジのランクの話が出てくるのよ？」

「え……？」

俺の中で何かが崩れ去っていくような音が響いた。

つまり、ランクとか関係なしに組むつもりはなくなったってことか。

約束を達成できなかった俺はもう眼中にないってことなのだろうか。

Bランクってことは黙ってたのに、どこからか情報が漏れていた？

「……おうふ」

「アォン⁉」

「……⁉」

「トウジ⁉　額を押さえてどうしたし⁉」

なんだこれ、思いの外精神的ダメージがでかいぞ。

額を押さえて沈む俺に、ポチ、ゴレオ、ジュノーがあたふたしながら駆け寄ってくる。

「あっ、ちょっと、違うの！」

なぜかイグニールも焦っていた。

「違う違う！　勘違いしてる！　待って待ってやり直しましょう！」

「やり直すって……俺Bランクでイグニールランク……」

「トウジがBランクだってなんだって私は気にしないわよ。っていうか手紙の内容は、私があんたのパーティーの戦力になれるように、一人でAランクになってみせるって書いてただけでしょ？だから関係ないっていうか、ええと、なんなのよもう！　とにかく私のSランクはあくまで仮のものだから、Aランクとたいして差はなくて……そうだ、正式にAランクにはなったのよ！　だから言わせてもらうわね！　私とパーティーを組みましょう？　ね？　ね？」

パーティーを組もうと俺から言うはずだったのだが、なぜか話の流れでイグニールの口から言わせてしまっていた。

そういえば、確かに俺が一緒のAランクを目指そうって勝手に決めていただけで、イグニールはAランクになったら私の方から伝えにいくと、手紙に書いていた気がする。

その段階から、俺は謎の深読み勘違いをしてしまっていたってことだった。

一人で舞い上がり、頑張ろうと決意し、結果Bランクのまま再会してしまって、一人であーだこーだと気を揉んでいたわけである。

「……ぐはっ!!」

『!?』

うわああああああああああああああああああ!!

それもそれでめちゃくちゃダサくて恥ずかしい!!

穴があったら入りたい。

内側からも外側からも開かない蓋をして、ずっと暗闇に閉じ籠もっていたい。

……穴、掘るか?

まあ、俺がダサいのは今に始まったことじゃないので、グッと飲み込むことにする。

サルトを去った今でも、俺はゴーレムマニアだと噂されてるっぽいからね。

「よし組もう。組もうか、パーティー。うん、組もうよ」

「ええと、なんだかよくわからないまま決まっちゃったみたいだけど、トウジはいいの?」

「ん?」

「ほら、トウジって頑なにソロだったし、なんか色々と事情があるのかなって……」

「ああ、そうだそうだ」

色々あって混乱メーターが振り切ってしまった俺は、もうこのまま自分の秘密を洗いざらい言ってもいいかなという気持ちになっていた。

どうせだから、このテンションが続くうちに、大事なことを言っておこう。

「あのさ、イグニール――」

〝――俺が勇者召喚に巻き込まれた異世界の人だって言ったら、信じる？〟

初めて。

この世界の住人に、友人と呼べる存在に、自分の正体を明かした。

勇者との関係や国から追われていること、装備のこと。

元の世界では、この世界で持たれている印象と遠くかけ離れていること。

それが今までみんなを遠ざける理由になっていたこと。

何もかも、全部を打ち明ける。

今まで散々嘘をついて生きてきた、誤魔化しながら生きてきた。

強い人なら、この先も嘘をつき通すことができるかもしれない。

だが俺は弱い。

重ねた嘘や誤魔化しの分だけ、心はどんどん窮屈になっていった。

窮屈になる心とは逆に、膨らんでいく異物感。

この世界で生きると決めたのに、いつしか無意識のうちに人と距離を取るようになった。

本当は同じになりたかったのに、危険だから迷惑だから怖いから、と屁理屈をこねた。

俺と深く関わったせいで、と考えてしまい、あと一歩がどうしても踏み出せなくなる。

情けない話だが、これが本当の俺だ。


別にそこまで話す必要はないって？

ある程度話せば良いって？

違う、これは俺がこの世界そのものに通したかった筋である。


「…………」


俺のただの言い訳にも似た独白をイグニールはただただ黙って聞いてくれていた。

納得したのか、してないのか、信じるのか、信じないのか。

彼女がどう思ってるかなんて俺にはわからないが、言うことは全部言い切った。

今まで胸につっかえていたものが、スッと少しだけ軽くなった気がした。

同時に、やべぇ、どうしよう、もし断られたら、と不安が襲ってきた。

ポチが空気を読むのはさることながら、ムードをしょっちゅうぶち壊すジュノーもゴレオの肩に乗って黙っている。

「……それで全部？」

「全部。もし断られても、作った装備は全てイグニールに渡すよ」

こればっかりは、受け取ってもらわなくちゃいけないからね。

すると、イグニールはすっかり冷めてしまった紅茶を一口飲んでポツリと呟いた。

「……信じるわよ」

「え……」

「正直言えばね、まだ話について行けない部分がかなりあるけど」

それはごもっともだ。

頷くと、イグニールは言葉を続ける。

「それでも二回も命を救ってくれた恩人の言葉を信じないほど、私は恩知らずじゃないわ」

さらに、今まで黙っていた分を返すように彼女は言う。

「誰にだって秘密はあるの。その秘密を打ち明けるってかなり勇気がいることよ。私を信じて話してくれた貴方は、少なくとも自分で思ってるほど弱い人間じゃない」

ジッと、俺の目を見つめる彼女の燃えるような瞳から、心地よい温かさが伝わってくる。

「それに今の話を聞いて少しだけ、私を助けてくれたイフリータが言っていた言葉の意味がわかったかもしれないし……って、その話は今は別にどうでもよくて！」

頭をブンブンと振ったイグニールは再び俺を見据えて続ける。

「とにかく！〝トウジが〟私とパーティーを組んだ時にどんな危険があるかとか、面倒ごとに巻き込んでしまうとか、そんな心配ごとは抜きにして、〝私が〟トウジっていう一人の人間とパーティーを組みたいの……それじゃダメかしら？」

「っ」

なんだかその言葉だけで救われた気がした。

今まで悩んでいたことが宇宙の彼方にすっ飛んでしまうくらいの衝撃だった。

「勇者のとばっちりから逃げるために、各地を転々とするかもしれないけど……」

「勇者のとばっちり？」

俺の言葉をイグニールは鼻で笑う。

「逃げて上等。そういうのには、いちいち立ち向かわなくてもいいの」

「そっか……」

「逆に私が命をかけてでも、そのとばっちりからトウジを守るってのは、二回も助けてもらった恩を返す意味でもどうかしら？」

面と向かってはっきりとそう言われてしまえば、俺は首を縦に振るしかなかった。

イグニールは、一瞬だけジュノーとゴレオに目配せすると顔を綻《ほころ》ばせる。

「決まりね。恩を返させてもらうわよ。今度は私がトウジを助ける番。まあ邪竜の話を聞く限り、出番が回ってくるかわからないけど、恩返しくらいさせてくれたって良いじゃない」

「……いや、ありがとう」

出番が回ってくるとか、そんなことは関係ない。

俺にとって、この世界での味方が一人増えただけでも心強くてありがたかった。

話が一区切りついたことを察したのか、ジュノーがふわふわと俺の肩に飛んでくる。

「もートウジ、イグニールに良いところ全部奪われちゃったし！」

「え？　いや、そんなことは……あるな」

結果的に、イグニールに全部言わせてしまったようなもんじゃないか。

まあいい、切り替えて行こう。

「パーティーに加わるなら、イグニールもギリスに来るんだし？」

「そうね、パーティーメンバーだから当然ついていくわよ」

「だったら部屋も増やさなきゃだし！　えへへ、向こうでマイヤーも待ってるし、帰ったらみんなでイグニールの歓迎会だし！」

「……マイヤーって誰？」

あっ。

「あたしたちと一緒に住んでる商会の娘さんだっけ、トウジ？　いつも酔っ払ってる」

「……商会の、娘さん？」

ああっ。

「説明しなさい。あんた全部ぶちまけたんじゃなかったの？」

「ビジネスパートナーです！　マイヤーはビジネスパートナーです！」

俺が作った装備とか、ポーションを販売してもらってる形です！

なぜか敬語になってしまうんだが、圧がすごいぞ。

イグニールの背後に、燃え盛る炎のオーラを感じた。怖い。

「ふぅん、ビジネスパートナーね……？　詳しく聞かせなさい」

「はい」

それから俺は正座をさせられ、マイヤーとの関係を根掘り葉掘り聞かれることとなった。

マイヤーはビジネスパートナーで、イグニールは冒険者のパートナー。

「このパートナーという言葉に、やましい意味は一切なく、私は潔白です」

「ふぅん」

そもそも前提条件として、これはパーティーを組むか組まないかの話だ。

「俺の浮ついた話があったとしても、それはイグニールに関係な――」

「――ふぅん」

ちょっと待ってなんでさっきから「ふぅん」しか言わないの。
いや、浮ついた話とか皆無なんだけどさ。
つーか、さっきまで慈愛の目をしてくれていたイグニールはどうした。
どこにいった。
俺のパーティーメンバーはそっちのイグニールなんです、戻ってきて！
……こうして、俺は異世界で初めての理解者を得ることになった。
無条件に俺を信頼してくれるサモンモンスターではなく、この世界の住人だ。
最後に色々とごたついてしまったが、これだけは言っておく。
こっちこそ、救ってくれてありがとう。

## 外伝　大精霊とBランク冒険者

「よぉイグニール。遠征調査か？」

ギルドの依頼掲示板を眺めていると、後ろから私の名前を呼ぶ声がした。

振り返ると、複数の男たちが立っている。

「だったら俺らとパーティーを組んで行かないか？」

「……遠慮しておくわ」

「なあ、ちょっと待てよ。遠征調査をソロでこなすのは大変だぜ？」

食い下がる彼らはBランクの冒険者パーティー。

後衛の火力役がパーティーから脱退したらしく、最近しつこく声をかけられていた。

「……私がDランク落ちした時は見向きもしなかったくせに、今更よね？」

「そりゃ、あの時のお前のパーティーは色々と変な噂があったからな……」

ブレイとフレイのパーティーを抜けた時、食い扶持を稼ぐために私は人を募集しているパーティーに声をかけたのだが、変な噂話が災いして誰からも相手にされなかった。

目の前にいる彼も首を横に振った冒険者の一人である。

「でも今はソロでBランクに上がれるほどの評価だろ？　だから改めてパーティーに誘ってるんだって……どうだ？　俺らも最近それなりに名が売れてきたんだぜ？」

「特に興味ないわね」

「おいおい、ソロBランク様は、パーティーBランクとは格が違うってか？　そりゃねぇよ」

「別にそう思って言ってるわけじゃないの」

じゃあ、どういう意味だよ、と肩を竦める男にはっきりと言っておく。

「ソロでやるって決めたから、パーティーの誘いは全部断ってるだけよ」

「そうかい、なら勝手にしろ。後でやっぱり入れてくれってのはなしだぜ？」

「結構よ」

それだけ言って、適当な依頼を掲示板から剥ぎ取り受付へと持っていく。

「これをお願い」

「はい、かしこまりました」

ちょっと前に、唐突にこの町を去ってしまった彼が懇意にしていた担当受付レスリーが、依頼書を確認しながらボソリと呟いた。

「……この依頼、本当に一人で行かれるんですか？」

「ええ、そうよ」

「イグニールさん、さすがにそろそろパーティーを組んだり、そうじゃなくともどこかのクランに所属するのはどうでしょうか？　貴方の実力ならどこでも高待遇で引っ張りだこだと思います。私も新担当として、その辺をサポート致しますので……」

「いや、パーティーは組まない」

「やっぱりそうですか……」

がっくりと項垂れつつ、レスリーは続ける。

「トウジさんもソロだったからって、真似する必要はないと思いますけど？」

「ま、真似じゃないわよ」

頑なにソロを続ける理由の図星を突かれ、少し焦った。

まだ誰にも話したことはないのだけど、なぜバレたのかしら……。

やっぱりこの女、只者じゃないわね。

「トウジさんには従魔がいましたし、安全マージンを十分に取って行動していましたよ」

レスリーは説教じみたセリフをくどくどと並べ立てる。

「たまには無理してもらおうと振った依頼も全て断ってましたからね。それを考慮すると、イグニールさんの依頼の受け方はとてもじゃないですが、トウジさんとは似ても似つきません」

「うぐ……」

「基本ソロですが、状況によって臨機応変にパーティーを組むタイプですよ、彼」

「そ、それでもソロでやるって決めたのよ！　下手にパーティーを組んでも、私はパーティー運が悪いみたいだし、ソロの方が性に合ってるからソロでいいの！　それに別にトウジの真似とかそんなんじゃないから！」

必死になって言い返すと、レスリーはジト目で私を見つめていた。

「なんかイグニールさん」

「……何よ」

「トウジさんがいなくなってから、ツンケン具合が日に日に増してませんか？」

「どういうことよ……」

ツンケンなんて元からしてない。

「前のパーティーにいた時とは違って、小さなことでプリプリ怒らなくなったなと思ったのに……

やはり私が無理にでもトウジさんとパーティーを組ませておくべきでしたかね？」

「だからトウジは関係ないってば！」

それに、前のパーティーでは色々と余裕がなかったから怒りっぽかっただけ。

毎日毎日、二人のイチャイチャ具合を見せられて、イライラしない方がおかしい。

パーティーにいたもう一人みたいに空気になれるならどれほど良かったことか。

私の性格だとそれは無理だし……まったく、嫌な過去を思い出してしまった。

「ねえイグニールさん、好きなんですか？」

「もうこの話は終わり！　受付ならさっさと依頼を処理しなさいよ！」

「あー、怖い怖い」

レスリーは、肩を竦めながら私の持ってきた依頼とは別の依頼を取り出して受理する。

「それ、私の持ってきた依頼じゃないわよ」

「本当に危険なので、ギルドでソロやパーティーを募った遠征に交ぜておきます」

「ちょっと、勝手なことしないでよ」

「担当受付としてそこは譲れませんからね。実力行使させていただきます」

書類の束をまとめてトントンと揃えながら、彼女はきっぱりと告げる。

「貴方が危険な目に遭うと悲しむ人が大勢いますよ。それにガレーさんとノードくんが、トウジさんが帰ってきた時にできなかった送別会をするって言ってましたよ」

まっすぐな視線を私に向けながら、彼女はさらに言葉を続けた。

「急がないでくださいイグニールさん。私はみなさんの担当受付として、陰ながらCランク昇格依頼のメンバーが生きて集まることを願っていますから。それにしても楽しそうですよね、送別会。まあ私はたぶん呼ばれないと思いますけど……」

「……ありがとう。その時は私が貴方を呼ぶわよ」

「呼ばれても行かないですけどね？　彼との大切な時間を邪魔するつもりはありませんし？」

そう言いながら人差し指と中指の間に親指を挟んでウインクするレスリー。

……絶対呼ばない。気を利かせた私がバカだった。

「はあ……とにかく依頼に行ってくるわね……」

「お気をつけて。スタンピード後の影響はまだまだ各地に残っています。サルトは奇跡的に被害者がごく僅かでしたが、隣の都市ではそれなりに甚大だったと聞いていますから」

「わかってるわよ」

Aランクになって隣に並べるくらい強くなるまで、私は油断しない。

もう手紙にも書いちゃったから。

◇　◇　◇

調査専門クランが臨時募集したソロ冒険者集団の中に交ざって、私は樹海をずっと南に下った場所へとやってきていた。

「見張り交代だ」

クランメンバーの一人が、偉そうな態度で臨時要員の冒険者たちに指示を出す。

「ソロで来てる者は、三人一組で南の野営地へ向かえ、時間が来たら交代を寄越す。パーティーで来ている者は指示していた通りの振り分けで休憩や交代は各自で行ってくれ」

ソロ以外に、このクランに媚《こび》を売っておきたいパーティーも参加していた。

クランに入れば、毎日依頼を物色しなくてもギルド側から受けた長期的な依頼を安定して受けることができ、その分負担や危険も少なくなる。

一攫千金《いっかくせんきん》や名声を夢見る冒険者とは違う、商人の下働きみたいな雇われ冒険者。

「イグニールさんは火属性だろう？　今夜は冷えるから少し火を強めにしてもらえないか？」

「はい、どうぞ」

名前も知らないソロ冒険者に頼まれ、焚き火に薪を足して火をつける。

ゆらゆらと揺れる火を見ながら、適当に温めた硬いパンを齧った。

「イグニールさん、ずいぶんと古い杖だけど新調しないのか？」

「え？」

硬いパンに四苦八苦していると、唐突に話しかけられた。

「装備は大事だからな、もし新しくするなら知り合いに口利きできるぜ？」

「いや、大丈夫よ。この杖を変えるつもりはないから」

「そうか、随分と思い入れがあるんだなあ」

「まあ、そうね……」

彼が持っておいた方が良いと言っていたこの杖に、今まで何度助けられたことか。

Bランクに上がれたのだって、この杖のおかげだ。

私の属性と相性バッチリということもあるのだけど、何より使っていて驚くほど手に馴染み、そこらで売ってる安い杖と比べて詠唱もスムーズだし、思うように魔法が使えた。

さらに、魔物を倒せば倒すほど、なんだか調子が良くなってくる。

どういうわけなのかわからないけど、ピンチの時こそこの杖が力をくれて、私は何度も危険を乗り越えることができた。

一度は手放してしまった杖だけど、彼の言葉通りもう二度と手放さない。

やっぱり形見なんだから、ずっと持っておくべきなのよね。

私に残された、たった一つの両親との繋がりを、質に入れてしまった私は本当にバカだった。

ガレーの形見の一件を思い出すと、今は亡き両親に対してかなり失礼なことをしたんだと今でも反省している。

前のパーティーの時は、本当に余裕がなくて私が私じゃないみたいにおかしかった。

「……変わったのは、どこからかしら……」

焚き火を見つめながら、回想に浸る。


ブレイたちに誘われてパーティーに入ったものの失敗続きで振り回されて、パーティーを抜けようかと悩んでいる時、彼に出会った。

それからパーティーを抜ける覚悟を決めて一人で活動してみたけど、なかなか上手くいかなくてもうダメかと思った時、彼と再会した。

命を救ってもらって、杖を取り戻す手助けまでしてくれて、また前のパーティーメンバーに絡まれた時も彼が追い払ってくれた。

互いに別々の依頼を受けていたのに、なんでか度々顔を合わせることになった。

またどこかで会えたら良いな……なんて思っていたら、Cランク昇格依頼の時に再会して、その時初めてパーティーを組んだ。

その時限定のパーティーだったんだけど、一緒にいてイライラしないのは彼だけだった。

なんというか、自然でいれたというか……。

それだけ彼が周りに気を使ってくれていたってことよね。

私の愚痴を聞いてくれて、面倒ごとも率先して解決してくれて、何から何まで彼が関わってから好転したようにも思えてくる。

ただの偶然で、たまたまタイミング良く居合わせただけかもしれないのに、ね。

だけどそれで十分だった。

十分過ぎるくらい、ぽっかり空いていた私の心の穴を、彼という存在が埋めてくれていた。

もしそれでお礼を言ったとしても、きっと彼は何もしてないと言うはず。


「……でも、ちゃんとお礼を言わなきゃよね……」

あの日々を思い出しながら火に当たっていると、焚き火を挟んで正面に座る男が言った。

「なあ、みんなソロなら、ここにいるメンツでパーティーを組まないか？」

「別に俺は構わないけど、彼女はソロで有名なイグニールさんだぞ？」

もう一人の男が私を横目にそう言うと、パーティーを組まないかと言った男は、焦ったように口籠もりながら言葉を並べ立てる。

「い、いや別にイグニールさん目当てとかじゃなくて、単純にその、これも何かの縁だし？」

「せっかくのお誘いだけど、遠慮しておくわ」

「あ、そ、そっか！　なら仕方ないな、ハハハ！　とりあえず俺とお前で組むか？」

「……さすがにそれだとバランスが悪いからやめておく。お前は斥候で俺は前衛。中後衛でイグニールさんが火力の役割を担えるなら、バランスも良いし賛成するけどな」

「お、おう……」

結局この話はなかったことになり、言い出しっぺの男はがっくりと項垂れていた。

少し申し訳ないことをしたかしら。

でも、私は彼……トウジ以外とパーティーを組むつもりはない。

そのためには早くAランクにならないと、と決意を新たにした時、遠くから声が響く。

『襲撃だ！　襲撃だー！』

◇◇◇

「見張りは待機！　先に地図作成班の退路を確保する！」

全員が集まっている場所に向かうと、指示出し役の男が叫んでいた。

「そりゃ犬死にしろってことかよ！」

「そうだぜ、俺らは囮か!?」

冷たい言葉に、周りにいた冒険者たちが噛み付いている。

そんな様子に、指示出し役の男は眉間にしわを寄せて睨みを利かせながら言った。

「バカか、私も戦うに決まってるだろうが」

「ぐっ……しかし……」

「有事の際、地図作成班を優先することは最初に言ったはずだ」

確かに言ってたわね、と心の中で肯定する。

このクランの理念というか、方向性として大切にしているものは分布図の綿密さ。

魔物がひしめく山脈で、地図の精密さは冒険者や商人の命綱となる。

「我ら《卓上の足跡》は、地図が何よりも最優先だ。みんな武器を取れ！」

槍を携えた指示役の声に合わせて、周りもガチャガチャと武器を構えた。

「死ぬのが怖いか？」

当たり前だろ、と文句をつけていた冒険者たちから声が上がる。

指示役は頷き返しながら言葉を続けた。

「誰だってそうだ。しかし、我らが作った地図はもっと大勢の命を救う」

「だからって俺は死にたく――」

「最後まで聞け！　地図が救う命は、ここにいる全員も含まれている！」

分布図には、ここら一帯の情報が事細かく記されている。

本来ならば、地図は魔物の縄張りを避けて通るためのものだ。

「それを逆手に利用すれば、魔物の縄張り争いを誘発できる！」

その混乱を利用して退路を築き、安全圏まで離脱するというのが今回の作戦らしい。

「退路を確保できるまで持ち堪《こた》えつつ、我らも生きて戻るぞ！」

長年、分布図作成の大半を受け持ち続けているクランからの言葉には説得力があった。

文句を言っていた冒険者たちも、その言葉を信じて立ち向かう覚悟を決めていた。

「斥候からの情報を確認した後、各自地点防衛に当たる。倒した魔物はできるだけ事細かく教えて欲しい。情報の厚みが増すほどに、我らの選択肢は多くなるからだ。必ず一人を伝令役として撤退の指示を待て――」

そうして、この場にいた全員が自分たちの持ち場へと駆け出していった。

私たちは、パーティーを組もうと言っていた男を伝令役として二人で魔物の相手をする。

「イグニールさん、正面にウルフが六体。左右にも距離を置いて同じ数だけ潜んでる」

「イグニールでいいわよ」

「なら俺はロドラーでいい。それより、ウルフの後ろから少し大きめの気配を感じる」

「あら、斥候もできるの？」

「いや、スキルで自分に向けられた殺気がわかるだけだ」

「便利ね」

「仲間に向けられた殺気まではわからないから、ソロ向けのスキルだけどな」

自分に向けられた殺気がわかるというのは、盾系のスキルなのかしら？

両手で剣を握りながら、背負った丸い盾は飾りなのかと思ってたけど、そういうことね。

「貴方もソロでいる理由があったわけね——豪炎の雨」

適当な言葉を返しつつ、炎の雨をロドラーの教えてくれた位置に向かって放つ。

三方向に撒き散らされた炎は爆発し、狼の悲鳴が聞こえてきた。

「さすがだ。だがヘイトがそっちに向かないように調節してくれ。殺気が掴めなくなる」

「了解、気をつける」

便利なスキルだとは思うけど、本当にソロ向けね。

「第二陣、来るぞ！」

ロドラーの動きに合わせながら、彼の死角を突いてきた狼のみを狙って焼き払う。

私たちがいる場所は、ブラックウルフの縄張り。

闇夜にまぎれて集団で襲ってこられると厄介だが、ロドラーのスキルと私の火属性魔法で明るくすれば、まだ簡単に対処できた。

「数が多過ぎて俺が掴めない殺気も出てきたから、自分の周りには気をつけてくれ」

「わかってる……わよ！」

彼の言葉を裏付けるように、近くの茂みから一体のブラックウルフが飛びかかってきた。

噛み付かれる寸前、なんとか杖で防いで狼の顔に魔法を撃つ。

「キャインキャインッ!?」

火達磨《ひだるま》になって転げ回った直後に爆発する狼を見ながら大きく息を吐く。

「ふう……私を優先で狙ってくるようになってきたわね」

「そうだな、他の群れも呼び寄せているようだし、もう俺のスキルも役に立たんぞ」

「なら、余波に当たらないように距離を取ってもらえるかしら？」

「……おっかない女だ。言われなくてもそうするよ」

杖を構えた私の言葉の意味を悟ったロドラーは、少し離れた位置に陣取った。

燃やした後に必ず爆発する私の魔法は、サポートよりも殲滅向き。

だから、ロドラーの後ろに控えて機会を待っていた。

私だけを狙って一気に押し寄せてくれた方が、手間が省ける。

「火傷《やけど》には気をつけて」

ブラックウルフに向けて杖を構え、詠唱を開始したその時だった。

「――お、おい！　イグニールさん！　ロドラーさん！」

伝令に向かっていた斥候役の男が茂みから姿を現した。

余程急いで戻ってきたのだろうか、苦しそうに肩で息をしている。

「撤退かしら？」

「いや、ち、違う……状況は最悪だ！」

「最悪？」

「ほ、本陣の方に、本陣の方に、や、やべぇのが出たんだよっ!!」

『――グォォォォオオオオオオオオオオオ!!』


男の言う通り、本陣からとんでもない咆哮が響いてきた。

「この鳴き声は……」

「キリングボア……」

ロドラーも聞き覚えがあったらしく、本陣の方を向いて立ち尽くしながら呟く。

キリングボア、山脈南方に棲《す》む巨大な猪《いのしし》。

その突進は岩を砕き大木をなぎ倒し、並の盾持ちでは轢き殺されてしまうほど。

――ゴウッ!

キリングボアの咆哮の後、退路を確保しているはずの本陣から火の手が上がる。

「違うんだ、そ、その……特殊個体らしい……炎を纏ったキリングボアだ……」

伝令役は頭を抱えながら言う。

「退路を確保している最中に正面から突撃された。纏った炎で荷物は全部焼かれて、分布図を書き記した地図も、全部、全部、根こそぎ燃えちまった……」

特殊個体だなんて、聞いたことがなかった。

そんな魔物がこのあたりにいれば、絶対噂になっているはずなのに。

ああでも、スタンピード後だったらありえない話ではない。

スタンピードで棲む場所を追われる魔物もいれば、新たな力を獲得する魔物もいる。

縄張り争いが激化すると、次の段階に進化した魔物が生まれやすいのだ。

だからこそ、ギルドは森の調査に躍起になる。

「今すぐ援護に向かえば良いのか？」

「いや、もう作戦どころじゃない。各々撤退しろってお達しだ」

本陣にいたクランは、なりふり構わず撤退することを選んだようだ。

「まあ、あの炎を見る限り、今までの調査なんて、あってないようなものよね」

特殊個体の出現で、この辺一帯の森は再び荒れて大きく変わるだろう。

「どうする……？　というか、お前はわざわざそれを伝えに戻ってきたのか？」

ロドラーの言葉に、後ろ髪を掻いて「へへ、まあな」と誇らしげな伝令役の男。

……名前、なんだったかしら。

「とにかく、さっさと逃げるしかないな」

「おう、索敵は任せてくれ。つっても、キリングボアのおかげでそこいらの魔物はみんな逃げちまったけど……危ないイグニールさん！」

突然、斥候役の男が私の肩を突き飛ばす。

「きゃっ⁉」

次の瞬間、巨大な火球がさっきまで私がいた場所をかすめ、斥候役の男に直撃した。

目の前で激しく炎が飛び散り、焦げた肉の匂いが立ち込める。

「あんた！　何やってんのよ！」

火球に弾き飛ばされた彼の元に駆け寄ると、首だけ動かしながら彼は謝っていた。

「……う、ぐ……すまん……後ろから火球が見えて、咄嗟に動いちまった……そういや、逃げることに必死で……火を飛ばしてくるって伝えるのを、忘れてた……」

「私は火属性に耐性があるから多少は大丈夫よ！　まったく、ちょっと待ってなさい！」

上半身から顔にかけての右半分に大きな火傷を負ってしまっている。

すぐに荷物からポーションを取り出すと、焼け爛《ただ》れた箇所にかけていった。

トウジからもしもの時用にもらっていたポーションだから、きっと楽になるはず。

「──グォオオオオオオオオオ！」

再び轟《とどろ》く咆哮に、ロドラーが焦ったように叫ぶ。

「おい、来るぞ！」

「わかってる！　背負うの手伝ってもらえないかしら！」

「お、おう！」

二人で男を担ぐと、キリングボアの突進を避けるために真横へ移動した。

茂みをかき分けて移動する中、斥候役の男が言う。

「このままじゃ……三人一緒に死んじまう」

「喋ると体力を消耗するから黙っててちょうだい」

歩きながら冷たく返すと、男は動かせる方の腕で私の肩を掴んだ。

「だから」

「だから、このまま置いていけって言いたいのかしら？」

「……」

黙ったままの男の目を見ながら、私は首を横に振る。

「残念ながら、あなたを置いていくなんて選択肢はないわよ」

これがもし、なりふり構わず一目散に逃げた結果ならば、私は何もしないだろう。

だけど、身を挺して助けるようなお人好しを置いて逃げるなんて私にはできない。

トウジならきっと助ける場面だと、そう思った。

「俺も正直逃げたいが、逃げずに危険を知らせてくれたお前を死なせたくない」

「ロドラーもそう言ってるから、置いていくってのはなしよ」

「……イグニールさん……ロドラーさん」

顔をくしゃっと歪めて泣きそうな顔をする男を見ながら、ロドラーが言う。

「で、どうするイグニール」

「……火属性耐性持ちの私がしんがりを務める」

改めて状況を考えると、逃げ切るためにはそれしかなかった。

「はあ？　戦うってことか？　あれだけいた冒険者を蹴散らした相手だぞ」

「でも、マシな方法がこれしか思いつかないもの」

執拗に追われるよりか、こっちから噛み付いて私たちよりも別の獲物の方が良いと思わせた方が、今の状況だと生き残れる可能性が高いと思った。

ロドラーに斥候役の男を任せると、自分を鼓舞するように啖呵を切って杖を構える。

「来なさい！　どっちの火が強いか、見せてやろうじゃない！」

突進ルートにロドラーたちが被らないように走った。

「ブルォ！　グォォオオオ！」

大きな鼻を鳴らしながら私を追いかけてくるキリングボアの特殊個体。

その背後から飛んでくる火球を自分で出した火球で相殺しながら詠唱する。

「豪炎の円陣」

自分の半径五メートルに炎の陣を築く魔法で、中にいれば耐性と強化を得る。

炎の陣に下手に触れると、相手は炎上爆発するのだが、今はただの自己強化。

火属性の特殊個体相手には、陣から動けなくなる分不利になるけど、追い払うのが目的ならば逃げ回るよりもここから大きな一撃を与える方が良いはず。

「ブルォォオオオ！」

キリングボアの燃えるたてがみから、ボボボッと火球が生み出され飛んできた。

「くっ」

いくつか体を掠《かす》めるが、衝撃にだけ耐え切れば火傷を負うことはない。

「グォオオオ！」

火が通じないことを見たキリングボアは、正面から叩き潰そうと速度を上げた。

その勢いに圧されて体が避けようと勝手に動き出すが、詠唱を途中でやめてしまうと中途半端な威力になってしまうから、気合で踏みとどまる。

勝負は最初の一撃だ。

迫り来るキリングボアを睨みつけ、ギリギリのところで詠唱を終える。

「豪火球ッ！」

さっきまで魔物を大量に相手して調子が上がっていたせいか、私の想像した以上に膨らんでいく巨大な豪火球は、キリングボアと衝突した。

――ゴバッ！

直撃した豪火球は、とんでもない炸裂音を轟かせて爆発する。

「ぐうっ！」

その衝撃で円陣の外に放り出されるが、突進をまともに受けるよりもマシだった。

すぐに立ち上がって、杖を構える。

私の豪火球は、突進に押し負けて相殺どころか消し飛ばされていた。

あちこちが衝突の余波で燃え上がり、煙が立ち込めどの明かりがキリングボアかわからない今が一番危険——

「——ブルォッ!」

煙をボッと突き破ってキリングボアの大きな顔が目の前に現れた。

巨大な牙が私を襲う。

「——ッ」

鈍い音と衝撃で一瞬視界が暗転した。

気がつくと、私は宙に浮かんでいて放物線を描いて地面に転がった。

「う、ぐ……」

突進をまともに受けてしまった。全身が軋むように痛い。

なんとか起き上がろうとするが、上手くできずに転んでしまう。

「あ、れ……?」

左腕を見て納得した。

突進を受ける直前、咄嗟に左腕を出したのだけど……肘から先がおかしな方向に。

見た目のグロさに言葉を失って、逆に冷静になる私がいた。

「……どうしようかしら」

樹を背に、這いずり上がるようにして立ち上がると、目の前にキリングボアが現れる。

「グォォオオオオ！」

勝ち誇ったような咆哮を上げて、次こそ完全に仕留めるべく、燃えるたてがみをさらに激しく燃え盛らせ、力を溜めているようだった。

少しムカついたけど、火と火の戦いは私の完敗。まったくもって歯が立たなかった。

情けないけど、本当にここまで……かしらね。

でも、冒険者を始めた時から死ぬ覚悟は決めていたはずなのに、死にたくない。

彼だったら、こんな時はいつも側にいてくれるような気がする。

物語みたいに命を救われたのは、ほんの二回だったけど。

それでも助けに来てくれるかもしれない、と思うのはどうしてかしら……。

「……トウジ」

死に直面する最中、頭に浮かんだ彼の名前を呟いた時だった。

（はあ、しょうがない子……）

どこからともなく、ため息とともに声が聞こえた。

この場には私とキリングボアしかいないはずなのに、頭に直接声が響く。

「……？　誰？」

(イフリータ)

イフリータ……それって、あの大精霊の……。

(大正解。私は火の大精霊イフリータ)

ナチュラルに心の中で会話している私がいた。

しかし、なぜそんな大精霊が……。

(ほら、悠長に話してる場合かしら？　会話も良いけど、目の前のことに集中して？)

「――ッ！」

その言葉で自分の状況を思い出した。

大精霊が語りかけてくるという衝撃に、すっかり忘れてしまっていた。

「でも結局どうしようもない状況よね？　まさか力を貸してくれるとか？」

一抹の希望を胸にそう尋ねてみると、イフリータは言う。

(そうよ)

「へ？」

(貴方を死なせるつもりはない、だって――約束したから)

「……誰によ」

(それは秘密。ほら、来るわよ)

「ブルォオオオオオ！」

今まで独り言を呟く私の様子を怪訝な表情で窺っていたキリングボアが、ようやく終わらせることを決心したようで、咆哮を上げて突進する。

「イフリータ！　助けてくれるのよね！　どうすればいいの！」

もう時間がない。

諦めかけていたこの状況がどうにかなるのなら、頼るしか残された道はなかった。

後で代価を要求されても、命以外ならなんだって払う。

(キリングボアの足元を狙って適当な火球を放ちなさい)

「了解！　――火球！」

無詠唱で生み出された火球がキリングボアの足元を掠めるが、突進の勢いは止まらない。

ダメじゃない！　そもそも火の撃ち合いで私は負けてるっていうのに！

(いいの、そこにいた羽虫を殺すことが目的だったんだから。これで溜まった)

羽虫!?　なんでこんな時に!?　つーか溜まるって何よ!!

私の心を読み取って、イフリータは言う。

(貴方の杖に眠る私の解放条件ってところかしら？)

「え……？　杖に……？」

(それより私の後に続いて言いなさい。こうして語りかけるのも一回限りだから)

「う、うん！」

切羽詰まっているので言われた通りにする。

(顕現せよ)「顕現せよ!」

(――イフリータ)「――イフリータ!」

響く大精霊の声に続いて、私は名前を叫んだ。

すると、私の持っていた杖が激しく燃え上がり、目の前に魔法陣が展開する。

炎で作り出された魔法陣はどんどん大きくなっていき、キリングボアの突進を受け止めた。

「ブグォォオオオ、ブモッ!?」

魔法陣の中から炎の腕が伸びて、キリングボアの鼻先を握り潰すと焦げた匂いがした。

私の火にも耐えるキリングボアが、炎の手に焼き焦がされていた。

「グゥウ!」

苦悶の声を上げながらも、なんとか前進しようともがくキリングボア。

しかし前に進むことはできず、むしろ魔法陣から手、肩、上半身とイフリータの体が出てくるたびに押し返されている。

「オォォォオオオオオオ!」

咆哮を上げながら、女性の姿を象《かたど》った炎が完全に出現した。

周りにあった草木も、地面も、何もかもを焼き焦がしていく精霊の炎。

体を直接掴まれていたキリングボアは、一瞬のうちに灰となる。

風に舞ってどこかへ消えていく灰を見ながら息を吐くイフリータに、私は話しかけた。

私の形見の杖から出てきた理由が気になったからだ。

「ありがとう、命拾いしたわ。……で、色々と聞きたいことがあるのだけど……？」

（んー、それは無理ね。もう時間がないの）

「時間がない？」

（貴方が私を呼び出していられる時間は、六十秒だけなのよ）

へえ……、ならまた出せばいいだけね。

「出現条件について詳しく教えてもらえないかしら？」

（なんでも良いから魔物を百体くらい狩れば良いわよ。継続的に）

思いの外厳しい条件だった。

魔物を百体だなんて、スタンピードでも起こらなきゃとても達成できない。

腕もへし折れていて満身創痍の状況で、話を聞くために百体狩るのは無理。

「他に条件はないの？」

（あとはそうね……貴方のレベルを代価としていただくことになる。そもそも本来の方法がそれなんだけど、倒した魔物の霊気を利用することもできるって感じで——ああ、そろそろ本当に時間がない、とりあえず貴方の母親から言われていたものを渡しておくわね！）

（……ふう、おしまい）

「待って待って待って！　レベルを犠牲にすれば良いのよね？　わかった、顕現せよイフリータ、顕現せよイフリータ！」

ステータスを確認すると、私のレベルが4も下がっていた。

一回で2レベル……でも大精霊の力を借りれるんだから、このくらい安いもんだ。

(思いの外あっさりレベルを犠牲にするなんて、とんでもないわね……)

「いいの」

それでも聞きたいことが色々とあったから、それは仕方がない。

下がったレベルはまた上げれば良いだけなんだから。

(……貴方がそれで良いなら、まあ話せないこともあるけど色々と質問に答えてあげる)

それから私は形見の杖――豪炎の霊杖について色々と彼女から聞いた。

この杖はイフリータの体の一部を利用して作られたもののとのこと。

いや、イフリータ自身から生み出されたものと言った方が正しい。

魔物を倒すと杖に霊気が溜まっていき、精霊の力も強くなるんだそうだ。

杖を使って魔物を倒せば、調子がどんどん良くなっていく理由が判明する。

フルで溜まると、ＩＮＴが10％くらい上がるらしい。

「……それ、普通に魔装備じゃない。とんでもないわね」

(バカ、もっとすごいわよ)

この杖の真価はステータスアップではなく、イフリータを召喚し、その力の一端を使えるようになることだった。

さっきみたいに六十秒だけ召喚できて、その間火属性の威力も一・五倍。

「す、すごい……」

唖然とする私に、イフリータは優しく微笑みかける。

(貴方のお母さんに言われて、ずっと見守ってきたわよ)

「お母さんが……」

(どうしようもない時にだけ助けられるように、少し力も受け取ってたから)

「それって……」

(貴方のお母さんの魂とでも言えば良いかしら?)

だから、顕現に使用する霊力が少し足りなくても、私に話しかけることができたそうだ。

(まったく、質に入れた時はだいぶ焦ったわよ)

「うっ、それは」

そんなご大層な杖だなんてまったく知らなかったから……。

私は属性強化がついた純魔装備クラスの成長武器だとしか聞いていない。

そうやって心の中でうだうだ言い訳をしていると、イフリータがくすっと笑った。

(結果的に助かったから、別に良いんだけどね)

「そうね……うぐっ」

助かったという言葉を聞いて緊張の糸が切れたのか、左腕に激痛が走る。

すぐにトウジがくれたポーションを飲むと、痛みがかなり和らいだ。

(ふふ、この杖を肌身離さず持っておいた方がいいと言ってくれた彼に感謝ね)

「トウジのこと？」

(彼、どういうわけか知らないけど、この杖のことを色々と知ってるみたいだから)

「えっ」

なんだか意味深なことを言いながら、イフリータは言葉を続ける。

(貴方すぐ大事なものを手放しちゃうんだから、彼と再会したらずっとくっついてなさいよ)

「な、ななな、何よいきなり！」

(ぷーくすくす、なかなかの慌てっぷりね。毎日彼のことを思ってるのは知ってるからね)

なんなのこの大精霊。

別にそういうのじゃないし、ただパーティーを組みたいだけだし！

「なんなのよ、もう……」

顔は熱いし、左腕は痛いし、もう色々と思考が追いつかなくなってきた。

っていうか、もしも……もしもトウジが良ければの話だけど。

私が良くてもトウジがどう考えてるかがわからない。

実際に、彼は秘密を抱えているようで、周りに対して常に見えない壁を作っていた。

(さて、杖の説明もしたし)

目の前にいるイフリータの姿が小さくなっていく。

どうやら延長した時間もそろそろ終わりみたい。

ちょっとウザいな、とは思ったけど、いなくなるのもそれはそれで寂しかった。

(心の声、聞こえてるからね？　寂しがらせちゃってめんごめんご)

「……早く杖に帰りなさいよ」

もうすっかり小さくなり人型を保てなくなったイフリータは、優しい声で言う。

(イグニール、私は貴方をいつでも見守ってるから……)

「ありがとう、心強い」

見守ってる、か。

「なんだか私のお母さんみたいなセリフよねぇ、それも言うように頼まれたの？」

(……)

「ふふっ、火の大精霊がお母さんだなんて、私は何者？　って感じ、ふふふっ」

イフリータと同じように、天国にいる両親も私のことを見守ってくれてるのかしら。

(そうだイグニール、プレゼントよ)

「プレゼント？」

（ええ、小さくなってしまったけど、私をぎゅっと抱きしめなさい）

「ど、どういうこと」

やや困惑しながら言われた通りに、片腕で小さな火球を胸に抱く。

……あったかい。

優しい温もりが私の胸を通して体に流れ込んできているようだった。

気付いたら火球は消えて、手の中に赤い宝石の入ったペンダントが二つ残されていた。

（一つは小さな私を召喚使役できる装備よ、それは貴方がつけなさい）

ペンダントの一つが勝手に浮き上がり、私の首元にすっとかかる。

すると小さな太陽みたいな玉が浮かび上がり、私の周りをくるくると飛び回った。

（もう一つは、最愛のダーリンからもらったもの。これは貴方の大切な人に渡しなさい）

大切な人……。

（ええ、今考えてる人で良い。たぶん使いこなせる人は彼くらいだろうし）

「心を読まないで」

（はいはい。じゃあお膳立てはしたから頑張ってね）

それだけ言い残して、イフリータは完全に消えてしまった。

……なんだか不思議な感覚だった、まるで長い間側にいてくれた人のような安心感。

まあ、杖を通してずっと側にいたわけだから、あながち間違いではない。

「ふう、いたた……そろそろロドラーたちのところに戻らないとね……」

イフリータの言う通り、このペンダントは再会した時に渡そう。

渡す相手はもう決まっている……私の大切な人。

装備製作系チートで
異世界を自由に生きていきます
1
原作:tera
漫画:満月シオン
シリーズ累計11万部突破!
(電子含む)
もふもふ召喚獣《ペット》と
楽しい生産ぐらし!

ネットで話題沸騰！
アルファポリスWeb漫画
面白い漫画が毎週読める!!
アルファポリス COMICS
原作 あずみ圭 漫画 木野コトラ
月が導く異世界道中
原作 柳内たくみ 漫画 竿尾悟
ゲート GATE
自衛隊 彼の地にて、斯く戦えり
原作 雪塚ゆず 漫画 紗月なびこ
追い出されたら、何かと上手くいきまして
OIDASARETARA NANIKATO UMAKUIKIMASHITE
原作 寺尾友希 漫画 雨理ユウ
レベル596の鍛冶見習い
原作 さとう 漫画 小田山るすけ
大自然の魔法師アシュト、廃れた領地でスローライフ
原作 まはぷる 漫画 トミイ大塚
巻き込まれ召喚!? そして私は『神』でした??
人気連載陣
● THE NEW GATE
● 居酒屋ぼったくり
● 素材採取家の異世界旅行記
● 異世界ゆるり紀行 ～子育てしながら冒険者します～
● いずれ最強の錬金術師?
● 追い出された万能職に新しい人生が始まりました
● 勘違いの工房主
and more...
原作 椎名ほわほわ 漫画 六堂秀哉
とあるおっさんのVRMMO活動記
漫画：小早川ハルヨシ
Re:MONSTER リ・モンスター
選りすぐりのWeb漫画が 無料で読み放題!
今すぐアクセス! ▶ アルファポリス 漫画 検索
アルファポリスアプリ
スマホでも漫画が読める!
App Store/Google play でダウンロード!

四十路のおっさん、
神様からチート能力《スキル》を
9個もらう
霧
KIRITO
兎
9個のチート能力《スキル》で、
異世界の美味い物を食べまくる!?
オークも、
巨大イカも、ドラゴンも
意外と美味い!?
おっさん（42歳）
魔物グルメを極める!
気ままなおっさんの異世界ぶらりファンタジー、開幕!
神様のミスで、異世界に転生することになった四十路のおっさん、憲人《のりと》。お詫びにチートスキル9個を与えられ、聖獣フェンリルと大精霊までお供につけてもらった彼は、この世界でしか味わえない魔物グルメを楽しむという、ささやかな希望を抱く。しかし、そのチートすぎるスキルが災いし、彼を利用しようとする者達によって、穏やかな生活が乱されてしまう!?　四十路のおっさんが、魔物グルメを求めて異世界を駆け巡る!
◆定価：本体1200円＋税　◆ISBN：978-4-434-27773-3　◆Illustration：蓮禾

この作品に対する皆様のご意見・ご感想をお待ちしております。
おハガキ・お手紙は以下の宛先にお送りください。

【宛先】
〒150-6008東京都渋谷区恵比寿4-20-3恵比寿ガーデンプレイスタワー8F
（株）アルファポリス　書籍感想係

メールフォームでのご意見・ご感想は右のＱＲコードから、
あるいは以下のワードで検索をかけてください。

アルファポリス　書籍の感想　検索

ご感想はこちらから

本書はWebサイト「アルファポリス」（https://www.alphapolis.co.jp/）に投稿されたものを、改題、改稿、加筆のうえ書籍化したものです。

# 装《そう》備《び》製《せい》作《さく》系《けい》チートで
# 異《い》世《せ》界《かい》を自《じ》由《ゆう》に生《い》きていきます６

**tera　著**

2020年9月4日初版発行

編集－宮本剛
編集長－太田鉄平
発行者－梶本雄介
発行所－株式会社アルファポリス
〒150-6008東京都渋谷区恵比寿4-20-3恵比寿ガーデンプレイスタワー8F
TEL 03-6277-1601（営業）03-6277-1602（編集）
URL https://www.alphapolis.co.jp/
発売元－株式会社星雲社（共同出版社・流通責任出版社）
〒112-0005東京都文京区水道1-3-30
TEL 03-3868-3275
イラスト－三登いつき
URL https://www.pixiv.net/member.php?id=4528116
デザイン－AFTERGLOW
印刷－中央精版印刷株式会社

価格はカバーに表示されてあります。
落丁乱丁の場合はアルファポリスまでご連絡ください。
送料は小社負担でお取り替えします。


ISBN978-4-434-27785-6 C0093